그럼에도 피는 마음으로..✿

전희진

2025. 봄

일단 믿는 마음

일단 믿는 마음

권희진

위즈덤하우스

차례

1

곰팡이에서 시작한 영리의 의식은 어느새
죽음으로 이어지고 있었다. 그녀로서는
아예 맥락 없는 흐름은 아니었다. 두 가지는
상관관계가 없는 듯하지만 어떤 면에서는
관련이 꽤 높았다. 어떤 면에서? 두 가지 모두
탄생을 의미한다는 면에서. 만약 1년 전에
동생 시은이 집을 나가지 않았다면, 아니
시은이 그 남자를 만나지 않았다면, 애초에 그

애가 차원명상이라는 이상한 종교에 빠지지 않았더라면, 그 모든 일에도 불구하고 시은을 다른 방식으로 이해했더라면, 그랬다면 시은은 지금쯤 자신의 곁에 앉아 오렌지를 까주면서 이렇게 말했을 것이다. 언니는 가끔 이상해져 특히 지금처럼 뜨거울 때. 시은이 말하는 '뜨거울 때'라는 건 체온이 높다는 걸 의미했다. 영리는 그러게 나 너무 아파, 하고 울먹였다. 어떻게 아픈데? 상상 속의 시은이 물었다. 전에도 몸을 움직일 수 없을 정도로 아픈 적은 몇 번 있었지만 이번엔 달랐다. 크리스마스의 독감이었다. 30대의 마지막 크리스마스에 독감이라니 서럽기도 했지만 그보단 고통이 더 심했다. 아파서 죽을 것 같아, 영리는 상상 속의 시은에게 말했다. 감기로 병가를 냈던 회사 사람을 보면서 속으로 겨우 감기 가지고 앓는 소리는, 하고

욕을 했던 일이 생각나 죄책감이 들기도 했다.
깨어 있기 때문일까 살아 있기 때문일까.
정신을 괴롭히는 죄책감과 육체적 고통이
번갈아 그녀에게 달려들었기 때문에 잠에
들지 않고는 버틸 수 없었다.

영리는 끝도 없이 흘러내리는 콧물 탓에
휴지를 너무 많이 낭비했다. 대체 이 많은
콧물은 어디서 오는 걸까. 물을 마시지 않아도
콧물은 계속해서 만들어졌다. 남김없이
풀어내도 5분만 지나면 다시 가득 차버렸다.
휴지를 두껍게 돌돌 말아 코를 막아놓아도
소용없었다. 말려 있는 휴지의 끄트머리가
금세 촉촉해졌다. 그래도 근육통에 비하면
콧물은 참을 만한 편이었다. 어떤 때는
혈관들이 한 번에 부풀어 올라 터질 것 같은
느낌이면서도 또 어떤 때는 근육이 급격하게
쪼그라들면서 조직이 찢기는 느낌이기도

했다. 일주일 동안 쉬지 않고 걷는다면 이런
느낌이려나. 영리는 누운 상태로 다리를
뻗어 발가락을 몸 쪽으로 당겨보았다.
수축했던 종아리 근육이 늘어나면서 순간
시원해지는 것 같았지만 그걸로 끝이었다.
개운함은 오래가지 않았다. 역시나 잠에 드는
방법밖에는 없었다.

두 번째로 견디기 힘든 건 열이었다. 그건
정말 고역이었다. 병원에서 쟀을 때는 38도가
조금 넘었는데 시간이 갈수록 더 심해지는 것
같았다. 수액도 소용없는 건가 일부러 비싼
걸로 맞았는데. 병원에서 처방해준 약도 열을
떨어트리는 덴 효과가 없는 것 같았다. 영리는
어째서 열이 더 오르는지 이해할 수 없었다.
이미 몸속에서 열을 낼 수 있는 것들은 전부
타서 없어졌을 텐데 무슨 연료로 열을 내는
걸까. 그녀는 열을 낮추기 위해 일부러 밥도

먹지 않았다. 어차피 입맛도 없었다. 병원을
다녀오던 길에 소고기 죽을 사 오긴 했지만
목으로 넘기려고만 하면 자꾸 욕지기가
솟았다. 후각도 고장 난 탓인지 고소해야
할 냄새가 비릿하게 느껴졌다. 그녀는 죽을
조금 떠먹다가 말았다. 그리고 용기 뚜껑을
닫아 자신이 누워 있는 소파 아래에 두었다.
당장 치우고 싶었지만 그럴 기운이 남아
있지 않았다. 단단히 밀폐했는데도 어디선가
냄새가 올라오는 것 같아 소파에서 최대한
멀리 밀어두기만 했다.

　　병원에 다녀온 지 이틀이 지난 밤이었다.
영리는 목이 타들어가는 고통에 눈을 떴다.
바닥을 더듬어 생수병을 찾는데 손에 치인
빈 병들이 힘없이 쓰러지는 소리가 들렸다.
영리는 누운 채로 남아 있는 물을 마시다가
소파와 바닥에 물을 쏟았다. 그녀는 물을

닦아낼 여력이 없었다. 그래봤자 물이니까,
하고 생각하는데 캄캄한 방 안에서 무언가
빛을 내고 있었다. 소고기 죽이 담긴
용기였다. 저게 아직도 있었네. 갑자기 용기
안에서 무언가 움직이고 있는 게 보였다.
영리는 몇 번이나 눈을 감았다 떴다. 벌레가
생겼나? 아니 아마 곰팡이겠지. 곰팡이가
벌써 생겼네. 영리는 죽에서 솟아난 곰팡이가
무슨 색일지 궁금했다. 검정은 싫다. 초록이나
노랑이 좋다. 영리는 용기의 뚜껑을 열고
싶은 충동을 느꼈다. 그래서 손을 뻗었다.
물론 그건 영리의 상상이기 때문에 손을
뻗어도 빛을 내고 있는 그 하얀색 용기에 손이
닿지는 않았다. 아 보고 싶은데, 아니 더럽고
징그럽다, 그렇지만 보지 않고는 못 배길
정도로 곰팡이는 신비하잖아. 곰팡이는 그
자체로 또 하나의 우주다. 그것의 기하학적인

아름다움은 꽃에 비견할 정도야. 그러니까 곰팡이가 '피어난다'고 하는 거겠지? 난 국어학자가 아니지만 그건 좀 로맨틱한 표현이네. 어쨌든 곰팡이는 역겹지만 놀라운 생명이다. 아니 생명보다는 죽음에 가깝다. 인간의 관점에서는 말이야. 열에 취한 영리는 자신의 마음과 무의미한 대화를 이어가고 있었다. 지금 자신이 있는 곳이 환상 속인지 현실인지 구분하지도 못한 채로. 어디선가 들리는 휴대폰 벨소리가 진짜인지 가짜인지도 알 수 없었다. 만약 저 벨소리가 진짜라면 날 찾는 건 누굴까. 엄마한테는 아파서 성당에 못 간다고 얘기했는데 누구지. 생각을 거듭하다 보니 어느 순간엔 몸이 붕 뜨는 느낌도 들었다. 그녀는 전에도 비슷한 경험을 한 적이 있는데 시은은 그런 상태를 두고 '경계에 있다'고 표현했었다.

그때는 열이 40도 가까이 올랐었다.
어쩌면 40도가 넘었을지도 모른다. 적어도
영리가 겪은 아픔은 40도 이상의 것이었다.
그녀가 앓았던 병은 신우신염이었는데
신장에 염증이 생겼다고 했다. 염증이라는
말을 들었을 때 영리는 하얀색 곰팡이가 핀
포도송이를 떠올렸다. 전에 신경 치료를 했던
어금니에 염증이 생겨 발치를 한 적이 있는데
그때 의사가 포도 알처럼 생긴 염증이 뿌리에
딸려 뽑혀 나왔다고 말했기 때문이다. 직접 본
게 아니라 진짜인지는 알 수 없지만 어쨌든 그
뒤로 염증이라는 말을 들으면 자연스레 포도
줄기에 달려 있는 하얀색 알들이 그려졌다.
그런 염증이 자신의 신장에 알알이 박혀
있다고 생각하자 끔찍했다. 신장이란 곳은
무균실처럼 청결해야 하는데 어쩌다 그런
게 생겼는지 궁금했다. 궁금하기는 했지만

또 엄청나게 궁금하지는 않았다. 그보다는
당장의 고통을 없애고 싶은 바람뿐이었다.

처음에는 왼쪽 옆구리가 살짝 욱신거리는
정도였다. 조금 지나니 열이 나기 시작했고,
그래서 가벼운 감기나 장염인 줄 알았다.
뜨거운 데서 땀을 빼면 금방 낫는다는
엄마의 말에 영리는 전기장판 위에서 하루를
꼬박 잤다. 그래도 열은 갈수록 심해졌고
옆구리에서 느껴지던 통증이 점차 배와
등으로 퍼지자 영리는 결국 울음을 터트렸다.
"누가 보면 남친이랑 헤어진 줄 알겠어."
병원으로 이동하는 차 안에서 시은이 살짝
놀리듯 말했다. "그래. 그만 좀 울어. 큰 병
아니야." 운전을 하던 엄마도 거들었다. 나
진짜 아픈데, 엄살 아닌데. 영리는 입을 뗄
힘도 없어서 대꾸하지 못했지만 한 가지
확실한 건 이별보다 더 아프다는 사실이었다.

열은 그녀의 생각보다 오래 지속됐다.
병원에 입원해 있는 일주일 중 사흘이나
고열에 시달려야 했다. 그동안 영리의 의식도
멀쩡하지 않았다. 분명 밥을 먹고 화장실도
가고 눈을 뜨고 사람을 보고 있는데도 깨어
있는 기분이 들지 않았다. 진통제 때문일지도
모른다고 생각했다. 병원에 와서도 열은 더
심해졌는데 고통을 호소할 때마다 간호사는
진통제 투여량만 조금 늘려줄 뿐이었고
몸에 약이 들어오면 정신이 혼미해지고
멀미가 났다. 병원이 환자를 속일 리는
없지만 그럼에도 영리의 의심은 커졌다. 모든
것에 의문이 들었다. 의사도 열만 떨어지면
괜찮아질 거라며 그녀를 안심시켰다.
"그런데 이거 진통제가 맞긴 맞는 거죠?"
그녀의 질문에 의사가 뭐라고 대답을 하긴
했는데 제대로 듣지 못했다. 의사의 대답이

궁금했지만 다시 물을 수 없었다.

셋째 날 밤이 고비였다. 오한 때문에 턱이 부서지도록 떨었다. 간신히 잠에 들어도 얼마 지나지 않아 울면서 깼다. 영리는 시은의 손을 잡고 놓지 않았다. 시은은 영리가 잠에서 깰 때마다 그녀를 웃기기 위해 농담을 했다. 영리는 장난기 많은 표정으로 종알거리는 시은의 얼굴을 쓰다듬고 싶어서 손을 뻗었지만 손가락에는 어떠한 감촉도 느껴지지 않았다. "이상하네." 시은은 혼잣말을 하는 영리에게 잠을 자야 덜 아프다며 눈을 감으라고 했다. 그날 밤 영리는 시은의 손을 잡고 꿈을 꿨다. 그녀는 꿈속에서 간병인 침대에 누워 자고 있는 시은을 바라보다가 2인실을 같이 쓰고 있는 옆자리의 이름 모르는 할머니에게로 갔다. 그 할머니 환자는 조용히 바나나를 먹고 있었다.

먹으면 안 된다고 했는데. 내일 있을 시티촬영 때문에 절대 금식이라고 당부하던 간호사의 목소리가 떠올랐다. "엄마, 하루만 참아. 절대 먹으면 안 돼." 할머니의 딸로 보이는 50대 여성이 잔소리를 하던 것도 기억했다. 영리는 할머니의 행동을 지켜보았다. 할머니는 바나나를 먹다가 서랍에서 담배를 하나 꺼내 물었다. 그녀는 마치 담배에 불이 붙어 있는 것처럼 그것을 깊게 빨아들였다가 내뱉었다. 그러자 영리의 눈에 연기가 보였다. 영리는 그 연기를 따라 오래도록 걸어 다녔고 그 때문에 영리는 지금 자신이 아프다는 사실도 자각하지 못했다. 연기의 끝에 다다랐을 때 누군가 흐느끼고 있는 소리가 들렸다. 쪼그려 앉은 채로 고개를 숙여 울고 있는 여자가 있었다. 여자는 울면서 무언가 중얼거리고 있었는데 어쩐지 뒷모습이 익숙했다. 조금 더

다가가보니 그건 영리 자신이었다. 나는 뭐가 저렇게 슬플까, 생각하다가 또 까무룩 잠에 들었다.

다음 날 오전 회진 때 잠깐 깼다가 다시 잠든 영리는 정오가 되어서야 정신을 차렸다. 체온은 전날보다 떨어져 있었고 밥도 혼자 먹을 수 있을 정도로 기운을 차렸다. 영리는 시은에게 머리를 감겨달라고 부탁했다. 그녀는 간신히 허리를 구부려 시은이 뿌려주는 물을 맞았다. 시원했다. 따뜻한 물인데도 두피에 닿는 온도는 소름이 돋을 정도로 시원해서 다시 태어난 느낌이었다. "세례받는 거 같아." 시은은 샤워기 소리 때문에 영리의 말을 듣지 못했다. 머리를 감은 후에 영리는 텔레비전을 보았다. 옆에 앉아 있던 시은은 영리에게 종이 하나를 보여주었다. "언니가 새벽에 나한테 준 거야."

종이에는 메모가 적혀 있었는데 왼손으로 쓴
것 같은 엉성한 글씨체였다. *1. 정신에 연결
2. 나를 믿을 것 3. 계속 사ㄹㅏ알 것.* 시은이
해준 말로는 만약 자신이 사망하면 이 세
가지를 꼭 명심하라고 당부했다는 것이다.
"장난치는 줄 알았는데 언니 표정 보니까
완전 진심인 거야. 눈은 풀려 있고. 나 진짜
무서웠다니까." 열 때문에 뇌가 녹아버린
줄 알았다고 했다. 영리는 황당해서 웃음이
터졌다. "맞춤법도 틀렸네. 3번은 뭐야?"
"계속 사랑할 것?" "아, 난 '계속 살아갈
것'인 줄 알았어." "어, 그건가?" 두 사람은 그
쪽지가 무슨 뜻인지 추측하다가 포기했다.
"나 어제 어디 다녀오긴 했는데 기억이 안
나. 그런데 내가 이 종이를 어디서 구했지?"
영리는 아무리 애써도 지난밤에 있었던 일이
떠오르지 않았다. 시은은 경계에 다녀온

것일지도 모른다고 했다. "산 자와 죽은
자의 중간 세계." 영리는 고개를 끄덕이며
그 정도로 아팠다고 대꾸했다. "내가 계속
거기 있었으면 어떻게 됐을까?" "우린 다시
못 보는 거지, 뭐." 그때 옆자리의 할머니가
기침하며 가래를 뱉는 소리에 시은의 말이
묻혔고 영리는 미간을 찌푸리며 "뭐라고?"
하고 되물었다. 그러자 시은은 자신이 먹고
있던 오렌지를 한 알 떼어내서 영리의 입에
넣어주며 말했다. "맛있지? 이게 살아 있는
맛이야."

　　그래서 난 지금 경계에 있는 거니? 14년
전 병원에서 자신을 간호해주던 시은이었다면
영리의 물음에 이렇게 답했을 것이다. 응
그런데 걱정은 안 해도 돼 곧 돌아오니까.
하지만 상상 속의 시은은 그래서 무서워?라고

되물었다. 영리는 무섭긴 한데 경계가 무서운 건 아니라고 했다. 그럼 언니는 뭐가 무서운 거야? 영리는 혼잣말로 이렇게 말했다. 머리가 너무 간지러운데 감겨줄 사람이 없다는 거지. 그녀는 그렇게 중얼거리면서 머릿속에 떠도는 시은을 잡기 위해 손을 뻗었고 곧 손에 시은의 말랑한 손바닥이 느껴졌다. 이상한데. 영리는 이상하다고 생각했다. 곧이어 시은이 담요를 끌어 올려 덮어주며 잠을 자야 덜 아프다고 했다. "잠들면 안 되는데." 영리는 그렇게 말하면서도 어느 순간 잠에 들었다.

2

시은은 담배를 피우다가 수민에 대해 생각했다. 그리고 다시 자연스럽게 라이터에 대한 상념으로 넘어가 그것에 한참이나 사로잡혀 있었다. 수민과 라이터 사이에는 아무런 관계가 없는 듯하지만 그녀의 관점에서 보자면 비슷한 부분이 있었다. 둘 다 순식간에 나타났다가 금방 사라진다는 점에서 그랬다. 만약 규선에게 그런 얘기를 했다면 이렇게 말했을 것이다. 그런 거 생각하지 마 자기답지 않아. 그러면 시은은 나다운 건 뭐냐고 묻는 대신에 그저 알았다고 대답하면서도 수민과 라이터에 대한 생각을 멈추지 않았을 것이다. 그래서 시은은 둘에 대한 생각을 멈추지 않은 채로 담배를 피웠다.

시은은 담배를 피우는 동안 라이터를 켰다가 끄는 걸 반복했다. 라이터에 불이 붙기까지 걸리는 시간을 재보기 위함이었는데 그건 시은이 잴 수 있는 시간보다 더 작은 단위로 쪼개지는 찰나여서 대체 얼마 만에 그 모든 반응이 일어나는지 확인하는 건

불가능했다. 그래도 휠을 돌리고 또 돌렸다.
불이란 참 이상해 넋을 놓게 만드는 뭔가가
있지, 하고 혼잣말을 하며 무의식적으로 불을
붙였다. 그건 일종의 습관이었다. 수민이
어떤 생각에 몰두하고 있을 때 하던 습관적인
행동이었는데 이젠 시은이 그대로 따라 하고
있었다. 두 번째 담배에 불을 붙이기 위해
또다시 라이터를 켜려는데 휠이 뜨겁게
달궈져 있어서 손에서 놓치고 말았다. 시은은
아, 하고는 바닥에 쭈그려 앉았다. 얼마나
많이 켰다 껐는지 가스도 눈에 띄게 닳아
있었다. 아 아껴 써야 되는데. 시은은 아껴
써야지, 하고 생각했다.

좋은 라이터이기 때문은 아니었다.
편의점에서 살 수 있는 것 중 가장 저렴한
불티나 라이터였다. 예전에는 400원이었던
시절도 있었는데 어느새 600원으로 금액이

올랐다는 걸 알고는 깜짝 놀랐었다. "이게
왜 이렇게 비싸?" 그때 수민은 "그러니까
잃어버리지 말고 잘 간수해. 또 사려면
아깝잖아. 이상하게 그건 잘 없어지더라"라고
했다. "나 이 색은 처음 보는데." 시은은 쨍한
노란색 라이터를 이리저리 돌려보았다. 핫
핑크나 연두색이나 보라색은 많이 봤지만
원색의 노랑은 오랜만이었다. 그러고
보니 최근에는 빨간색도 못 본 것 같았다.
"옛날이랑은 색이 조금씩 달라졌어"라면서
수민도 요즘엔 찾기 힘든 색이라며 맞장구를
쳤다. "이거 잘 보관해야겠다. 구하기
힘든 거니까." 시은은 그 라이터가 소중한
물건이라도 되는 것처럼 두 손으로 감쌌다.
"이게 널 구원해줄 거야." 수민은 그 라이터가
구원이라고 말했고 시은은 그 말을 듣고
웃었다.

시은이 수민과 처음 얘기를 나눈 건
간증 모임에서였다. 수민은 30대 초반으로
시은과 동갑이었고, 긴 머리에 항상 모자를
쓰고 다녔다. "모자를 쓰면 명상할 때 방해가
돼요. 뇌파가 멀리 못 나갑니다." 수민은 모자
때문에 몇 번이나 주의를 받았는데도 매번
모자를 쓰고 왔다. 수민은 차원명상센터에
다니기 시작한 지 얼마 되지 않았을 때부터
고차원 진입에 성공했으며 센터에서 진행하는
것 중 빠지는 행사가 거의 없을 정도로
열성적인 회원이었다. 그녀는 친구 때문에
센터에 다니기 시작했다고 했다. "여기에
친구가 있어? 누구?" 시은의 질문에 수민은
"그 친구는 지금 안 다녀"라고 했다.

언젠가 시은은 수민에게 "넌 왜 그렇게
활동을 열심히 하는 거야?"라고 물은 적이
있는데 수민은 "눈에 안 띄려고. 그런데

왜 그런 걸 물어? 여기선 열심히 하는 게 당연한 거 아니야?"라고 했다. "그렇지. 그게 당연하지." 시은은 수민을 보며 웃었다.

시은은 갈수록 수민과 함께 보내는 시간이 늘어났다. 그러다 보니 센터 회원에 대한 뒷담화도 할 정도로 가까워졌다. 시은은 오랜만에 숨통이 트이는 기분이었다. 집을 나오면서 가족은 물론이고 친구들과도 연을 끊었고 규선 외에는 속이야기를 터놓고 할 사람이 없었다. 그런데 이제 친구라고 부를 만한 사람이 생긴 것이다. 수민은 시은에 대해 궁금한 것이 많았다. 가족이 있지? 남자친구랑은 얼마나 됐어? 센터는 왜 다녀? 일은 안 해? 집에선 왜 나왔어? 수민은 사소한 것 하나도 시은에 대한 것이라면 모두 알고 싶어 했다. 그런 점이 언니를 떠올리게 하기도 했다. 언니도 많은 걸 따지고 재고 이것저것

묻는 사람이었다. 그런 게 다 관심이지
사랑이고. 시은은 그런 언니가 불편할 때도
있지만 실은 자신을 염려하고 챙겨주는
거라고 믿었다. 수민도 마찬가지였다. 가족도
아닌 자신에게 관심을 보이고 신경을 써줬다.
"넌 왜 그래?" "뭐가?" "왜 날 신경 써?"
시은의 질문에 수민은 누군가를 좋아하면
궁금해지는 게 당연하다면서 웃다가 "내
친구랑 비슷해서"라고 덧붙였다. "친구? 아
여기 다니던 사람?" "응. 걔랑 비슷해. 괜히
챙겨주고 싶은 그런 느낌? 내가 지켜줘야 할
것 같아. 넌 센터 사람들하고는 좀 다르거든."
"그 친구는 자주 만나?" "아니, 이젠 못 봐."
그러면서 수민은 자신과 나눈 이야기는 다
비밀이어야 한다고 했다. 당연히 비밀이지,
라고 생각했다. 시은은 수민과 비밀을
만들어가는 일이 어쩐지 설렜다.

수민은 지금 어디에 있을까. 함께 비밀을 나누던 수민은 라이터 한 개만 남기고 어디론가 사라졌다. 수민은 사라지기 전에 시은을 찾아와 알 수 없는 말들만 늘어놓고는 때가 되면 꼭 돌아오겠다는 약속을 했다. 그 뒤로는 연락이 되지 않았다. 어떻게 사람 한 명이 이렇게 말끔히 없어질 수 있을까. 대체 언제 온다는 거야 말할 사람이 필요한데, 라고 생각하면서 라이터를 켰는데 불이 붙는 찰나에 수민이 눈앞에 나타났다가 사라졌다. 시은은 고개를 갸웃하고는 또다시 라이터의 휠을 돌렸는데 이번에도 수민의 얼굴이 반짝하고 나타났다가 불과 함께 없어졌다. 이건 상상이 아니라 중독이다. 성냥팔이 소녀처럼 유독 물질에 중독돼서 헛것이 보이는 것이다. 그게 아니라면 이젠 자유자재로 차원을 넘나들 수 있는 몸이 된

걸까. 시은은 자신의 안에서 나오는 생각들을
곱씹다가 문득 성냥팔이라니 올드하다
올드해, 라고 들릴 듯 말 듯한 소리로
혼잣말을 했다.

사실 라이터 불처럼 순식간에 사라졌다가
어디선가 갑자기 나타나는 건 시은의
특기였다. 아주 어릴 때부터 자주 그랬다. 그
때문에 영리는 언니가 돼서 동생을 제대로
챙기지 않는다며 야단을 맞았다. 자신 때문에
언니가 혼나는 날은 단단히 마음을 먹어야
했다. 언니의 화풀이 때문이었다. 언니가
엄마에게 혼나고 있으면 울고 있는 언니
주변을 서성이며 눈치를 보거나 같이 울었다.
그래야 나중에 언니에게 화풀이를 덜 당할
수 있었다. 언니의 화풀이 방식은 다양했다.
숙제를 마친 구몬 학습지를 숨기기도 하고

자신이 아끼는 물건을 뺏기도 했다. 언니에게
물건을 뺏기면 속상해서 눈물이 났는데
그러면 언니는 물건을 돌려주는 대신 흥정을
했다. 처음엔 높은 금액을 부른 후 자신이
반응하지 않으면 100원씩 깎아주며 물건을
다시 사도록 만들었다.

　언젠간 나비 모양의 머리핀을 뺏긴
적이 있다. 그땐 이미 그 수법을 간파했기
때문에 머리핀에 관심이 없는 척 연기를
했고 결국 150원에 살 수 있었다. 평소보다
저렴한 금액이었다. "내가 특별히 싸게
파는 거야." 영리는 머리핀을 시은의 머리에
꽂아주며 말했고 시은은 "고마워"라고 했다.
물건 거래가 끝나면 영리는 새끼손가락을
걸고 약속하라고 했다. 시은은 내키지
않아도 맹세를 해야 했다. 엄마 아빠에게
이르지 않기. 울지 않기. 언니가 괴롭힌 거

잊어버리기. 영리에게 약속이 받아들여지면
이후엔 정말 아무 일도 없던 것처럼 같이
욕조에서 목욕을 하고 저녁을 먹고 책을
조금 읽다가 과일을 먹고 같은 방에 들어가
잘 준비를 했다. 잠들기 전에는 거실에서
들려오는 텔레비전 소리를 들으며 어떤
장면이 나오고 있을지 상상하는 게임을
하다가 한 명이 졸기 시작하면 먼저 잠들기
게임으로 넘어갔다. 이 게임은 이기기가
어려웠다. 언니가 자고 있는지 확인하기 위해
말을 걸면 그때부터 대화가 다시 이어졌고
결국 엄마에게 잔소리를 들은 뒤에야 잠에
들었다.

　시은에게는 영리를 그림자처럼
쫓아다니는 일이 당연했다. 아이들은 눈
깜짝할 사이에도 사라지는 법이니까.
뉴스에서 봤던 아이들도 그렇게

사라졌으니까. 우리들은 그런 아이가 되고
싶지 않았으니까. 그럼에도 딱 한 번 영리를
놓친 적이 있다. 그 일은 1999년도 어린이날
에버랜드에서 일어났는데 어쩌다 그 얘기가
나오면 엄마는 아직도 간담이 서늘하다며
목을 쓸어내리곤 했다. 5월의 공원에는
꽃들이 가득했고 사람이 그보다 훨씬 더
많았다. 몇 발짝만 떼어도 사람에 치일
정도로 정신없었다. 그날 부모님은 굉장히
분주했다. 놀러 왔다기보다는 과제를 하러 온
사람들처럼 보이기도 했다. 종류별로 심겨
있는 꽃을 배경으로 사진을 찍고 배경을
바꿔서 찍고 짝을 바꿔서 찍었다. 그리고
엄마와 아빠는 기다리는 시간을 줄이기 위해
각각 다른 놀이기구의 줄에 서서 언니와
자신이 교대로 탈 수 있도록 했다.

시은은 새벽부터 나와 돌아다닌 탓에

자꾸 잠이 쏟아지고 발이 아팠다. "시은이
네 살 때 여기 왔었는데 기억나? 그때는
에버랜드가 아니고 자연농원이었어. 기억나?"
아빠가 설명해주는 자연농원의 모습을
들으면 그때가 기억나는 것 같기도 하고 안
나는 것 같기도 했다. 다른 건 모르겠지만
꽃들은 익숙했다. 그건 집에서도 자주 본
것이라 그럴 수도 있지만 어쩐지 네 살
때의 기억이 되살아나는 느낌도 들었다.
점심을 먹고 약간 나른해진 시은은 엄마가
알려준 꽃 이름을 기억하기 위해 한참 꽃을
보고 있었다. 그중에서 단순한 구조로 생긴
튤립을 보며 저건 그리기 쉽게 생겼다고
생각하고 있었는데 언니가 짜증을 내는
소리가 희미하게 들렸고 언젠가부터 엄마와
아빠의 목소리는 들리지 않았으며 어떤
아줌마가 "얘, 잠깐 옆으로 비켜줄래?" 하고

말을 걸어서 갑자기 정신이 들었다. 시은은 주변을 둘러보다가 조금 멀리서 걸어가고 있는 영리의 뒷모습을 발견하고는 "언니, 언니!" 하고 소리를 지르며 달려갔다. 주변을 두리번거리던 영리의 걸음이 더 빨라졌다. 자신이 부르는 소리에도 영리는 돌아보지 않았고 두 사람의 거리도 좀처럼 좁혀지지 않았다. 시은은 겁이 나서 눈물이 났고 콧물도 흘렸다. 사실 언니뿐만 아니라 누구도 자신을 봐주지 않았다. 무섭고 이상한 일이었다. 키가 작은 어린아이가 어른도 없이 혼자 돌아다니며 울고 있는데 왜 아무도 봐주지 않을까. "마치 보이지 않는 장벽에 갇혀 세상과 격리된 기분"이었다고 고등학생이 되어 영리에게 당시의 기분을 설명한 적이 있다. 이대로 언니의 뒷모습을 놓쳐버리면 장벽 속으로 영원히 사라질지도

몰라. 대략 그런 심정이었다고. 시은은
뭐라도 해야겠다는 생각이 들었다. 그래서
시선은 여전히 영리에게 둔 채로 숨을 가득
들이쉬었다. 배를 부풀리고 힘을 모으고
두 주먹을 꽉 쥐고서 소리를 지르려는데
엄마가 손목을 낚아챘다. 그 바람에 온몸에
들어갔던 힘이 탁 풀어졌다. 그때 영리가
사라졌던 방향에서 아빠와 언니가 손을 잡고
나타났다. 마법 같은 상황이었다. "비눗방울이
톡 터지듯이 말이야. 그래, 어떤 중간 세계에
있다가 풀려난 느낌이었다니까." 자신의 말을
듣던 영리는 "넌 공상을 잘해"라고 했었다.

　　엄마는 시은의 양쪽 팔뚝을 세게 쥐고
흔들며 사람이 무슨 말을 하면 딴짓하지
말고 제대로 들으라면서 무섭게 화를 내다가
손으로 콧물을 닦아주었다. 시은은 잡힌
팔뚝이 터질 듯 아팠지만 엄마도 나만큼

무서웠겠지 하는 생각으로 자신을 다독였다.
이후에도 시은은 영리와 함께 번갈아가며
계속 야단을 맞는데 그 와중에도 엄마는
시은의 손을 잡고 놓지 않았다. 나중에
언니한테 화풀이당할 일이 무섭긴 했으나
야간에 불꽃놀이를 볼 즈음엔 그마저도
까맣게 잊어버렸다.

　　시은은 에버랜드에서 그 일을 겪은 뒤로
언니로부터 떨어지지 않기 위해 더 조심했다.
가족여행을 가면 항상 주의를 기울였고
누군가 자리를 비우면 그 사람이 돌아올
때까지 안절부절못했다. 영리의 동선을 따라
시선을 거두지 않았고 숨바꼭질을 하더라도
너무 완벽하게 숨지 않으려고 애썼다. "넌
바보냐? 왜 맨날 보이게 숨어, 재미없게."
친구들은 속사정도 모르면서 놀렸고 그러면
시은은 "나 못 찾을까 봐 그러지" 하면서

시무룩해졌다. 한 남자애는 "그러면 이걸 왜
하냐?"라고 따지면서 어깨를 밀쳤는데 중심을
잡지 못하고 뒤로 넘어지면서 엉덩이를
찧었다. 그네를 타고 있던 영리는 그 모습을
보고 달려와 시은의 친구들에게 소리쳤다.
"니네 몇 학년이야? 왜 내 동생 괴롭혀?
니네가 뭔데?" 영리는 그 남자애에게 똑같이
했다. 뒤로 넘어진 그 애의 눈에 순식간에
눈물이 차올랐다. 영리는 시은을 일으켜주며
"앞으로 꼭꼭 숨어. 언니가 찾아줄게"라고
했다.

　　그 뒤로도 숨바꼭질은 계속 됐다.
친구들과 할 때도 있었고 영리와 영리의
친구들과 할 때도 있었다. 영리의 무리와
숨바꼭질을 할 때는 영리의 말대로 열심히
숨었다. 그랬기 때문에 영리의 친구들은
시은을 마지막까지 찾지 못할 때도 많았는데

영리만큼은 시은을 매번 찾아냈다.

  1년 전 시은은 완전히 사라졌다. 영리도
찾지 못할 정도로 완벽하게. 그건 가족을
위한 길이었다. 가족을 구원하려면 사라지는
것밖에는 방법이 없었다. "시은 씨의
믿음이 약해질수록 가족들은 점점 죽어갈
겁니다. 예민한 사람은 주변의 힘을 약하게
만들거든요. 사람들이 그 기운을 받아들이지
못하는 거죠. 최근에 어머님이 자궁에 근종이
생겼다고 했죠? 제가 그랬잖아요. 그건
시작일 뿐이에요." 차원명상센터 센터장의
예언은 하나씩 맞아떨어지고 있었다. 아빠는
퇴직했고 엄마는 자궁에 병이 생겼다. 모든
게 내 탓이야, 시은은 자책했다. 언니는 근종
같은 건 큰일이 아니라고 제발 누군가 죽을
것처럼 망상하지 말라며 악을 썼다. 급기야

자신을 감금하고 감시하기까지 했다. 정말
다들 병들어가고 있구나. 시은은 변해가는
가족의 모습을 보면서 차원명상센터의 예언이
하나둘씩 현실이 되고 있음을 깨달았다.
하루라도 빨리 집에서 벗어나야 했다. "재앙이
시작된 거야. 우리, 그리고 믿음만 생각해.
그래야 주변 사람들이 살아." 규선도 그렇게
시은을 설득했다. 그녀는 집에서 탈출한 후에
규선의 집으로 들어갔다. 그리고 영리에게
메시지를 보냈다. 내가 살길 원하면 날 찾지
마, 이게 모두를 위한 길이야, 나중에 때가
되면 찾아갈게. 그리고 다시는 연락하지
않았다.

　　내가 수민을 기다리는 것처럼 언니도 날
기다리고 있을까 여전히 화가 났을지도 몰라.
엄마는 다 나았을까. 시은은 무엇도 알 수
없었다. 세 번째 담배를 꺼내 물었다. 담배를

태우면서 언니와 수민과 라이터에 대해
끊임없이 생각하고 또 생각했다. 규선에게서
전화가 왔지만 받지 않았다. 다만 같은
자리를 맴돌며 어느 순간 나타났다가 갑자기
사라지는 것들에 오랫동안 몰두했다. 결국
멀리서 자신을 향해 걸어오고 있는 규선을
발견한 뒤에야 상념에서 겨우 빠져나올 수
있었다. 시은은 수민의 라이터를 주머니에
집어넣은 후 규선에게 손을 흔들며 다가갔고
그녀를 세게 안았다.

3

영리의 삶은 시은이 떠나기 전과 떠난
후로 나뉘었다. 그녀는 그걸 두고 '비포 시은/
애프터 시은'이라며 혼자서 농담을 한 적이
있다. 처음엔 스스로에게 그걸 농담이라고

하냐, 라고 중얼거리며 키득거렸는데 곧
목에서 씁쓸한 물이 올라와 눈물이 찔끔
났다. 그 뒤로 누군가로부터 잘 지내냐고
묻는 연락을 받으면 그녀는 속으로 애프터
시은, 하고 말했다. 그러면 또 씁쓸한 물이
올라올 것 같았고 그럴 땐 헛기침을 하거나
허공에 대고 큰 소리로 "아, 심심하다"라면서
혼잣말을 했다.

　'애프터 시은'의 가장 큰 변화는 이제
회사를 다니지 않는다는 점이었다. 일이 다
무슨 소용인가. 시은이 사라지고 난 뒤에는
그런 게 무슨 소용인가 하는 생각을 자주 했고
그래서 일을 쉬기로 했다. 쉬다 보니 노는 게
적성에 더 맞는 것 같기도 했다.

　영리는 '애프터 시은'을 거치면서 물건을
줄이기 시작했다. 만나는 사람과 먹는
양도 줄였다. 걱정은 시은이 하나만으로도

충분했으므로 다른 걱정거리들은 최대한
줄여나갔다. 그러다 보니 나름 나쁘지 않은
삶처럼 느껴지기도 했다. 그동안 영리가
겪었던 고통들이 어쩌면 그렇게 힘들어할
필요가 없던 것일지도 모른다는 생각도
들었다.

그녀의 하루는 단순하게 흘러갔다. 직업은
없어도 전보다 더 규칙적인 일상을 보냈다.
아침에 일어나면 산책을 했고 미세먼지가
많거나 밖에 나가는 게 내키지 않을 때는
집에서 실내 자전거를 탔다. 산책을 한다면
경로는 매일 똑같았다. 오피스텔 건물에서
나와 건물을 끼고 왼쪽으로 돌면 카페들이
있는 골목이 나왔다. 그리고 두 블록을 걷다가
다시 왼쪽으로 틀어서 세 블록을 걸었다.
그쪽엔 세탁소와 편의점과 원룸 건물들이
있고 배달 전문인 피자집이 보이면 다시

왼쪽으로 돌아서 두 블록을 걸었다. 우측에
교회가 보이면 다시 왼쪽으로 돌아 피부 관리
숍과 스터디 카페와 탕후루 가게를 지나면
다시 오피스텔 건물이 나왔다. 운동량이
부족하다 싶으면 같은 경로로 몇 바퀴 더
걸었다. 이유는 없었다. 왼쪽으로 도는 것이
안정적으로 느껴졌고 새로운 길로 들어서면
균형이 깨지는 기분이었다. 간혹 공원에 갈
때도 있었는데 그때에만 오른쪽으로 돌아서
공원에 도착했다.

영리는 걸으면서 왜 왼쪽은 편하고
오른쪽은 불편할까에 대해 생각했다.
학교에서도 달리기를 하면 왼쪽으로
달렸었는데 아닌가 오른쪽이었나. 영리는 이
얘기를 친구들에게 한 적이 있는데 한 명은
"어, 그러네. 나도 왼쪽이 편한 듯"이라고
했고 다른 한 명은 "원래 왼쪽으로 도는 거

아니야?"라고 했다. 또 다른 한 명은 별생각을
다 한다면서 다른 데 가서는 괜히 이런 얘기를
꺼내지 말라고 했다. "왜?" "정치 얘기 나와."
영리는 그냥 알겠다고 했다.

　　산책 대신 실내 자전거를 탈 때는
효율성을 중요하게 생각했다. 3분은 최대
속도로 달리고 1분은 천천히 달리는 인터벌
운동법으로 자전거를 탔는데 산책보다
시간을 적게 들여도 운동 효과는 훨씬 좋았다.
20분에서 30분 정도 타고 나면 온몸에 땀이
흥건했다. 영리는 스포츠 브라 아래로 땀이
흘러내리는 느낌을 좋아했다. 가슴과 배에
찬 땀을 한참이나 관찰하는 것도 루틴의
일부였다.

　　오전 운동을 끝내면 첫 식사를 했다.
대부분은 커피와 함께 사과를 먹었는데
그녀가 제일 좋아하는 메뉴는 전날 먹다 남긴

피자였다. 그녀는 식은 피자를 좋아했다.
식은 피자를 먹기 위해 전날 저녁에 피자를
주문해서 일부러 하루 두었다가 다음 날
아침에 커피와 함께 먹었다. 영리의 피자
취향을 아는 사람들은 질색을 했는데 영리는
그런 반응을 은근히 즐겼다.

식사 후에는 화실에 가서 탱화를 배웠다.
영리는 첫 수업 때 자신이 받을 만한 질문을
예상해보았다. 다른 미술도 아니고 어떻게
불교미술을 배울 생각을 했는지. 종교가
불교인지, 무슨 일을 하는지, 당연하게 그런
걸 물어볼 줄 알았으나 전부 빗나갔다. 그녀가
받은 질문은 "전에 해보셨어요?" 하나였다.
영리는 최근에 지장보살을 그리기 시작했다.
손이 많이 느려서 완성하려면 아직도 한 달은
더 걸릴 것 같았다. 그래도 선을 그리거나
채색을 하고 있으면 시은에 대한 생각을 멈출

수 있었다. 어느 날은 조금씩 채워지는 자신의
그림을 보고 흐뭇해져서 평소의 영리답지
않게 옆 사람에게 "그림 그릴 때 명상하는
거 같아요"라고 말을 걸었다가 "아, 네"라고
건조한 대답이 돌아와서 무안했던 적이 있다.

화실에 가지 않으면 집안일을 했고
그것만으로도 시간은 빠르게 갔다.
어두워지면 두 번째 식사를 하고 시은이 두고
간 차원명상에 관한 책을 읽었다. 그 책은
아무리 읽어도 이해가 되지 않았다. 가끔은
말이 되는 듯하면서도 조금만 시간이 지나면
완전히 헛소리처럼 보이기도 했다. 그리고
새벽에는 전 애인인 우진에게서 오는 전화를
받았다.

우진은 이틀에 한 번씩 전화를 걸었다.
어떤 때는 하루를 거르지 않을 때도 있었다.
전화를 하는 시간대도 비슷했다. 새벽

1시에서 2시 사이에 전화가 오면 영리는
잠에 들었다가도 그 전화를 받았다. 영리가
전화를 받으면 우진은 매번 "안 자?" 하고
물었고 영리는 "안 자" 하고 대답한 후 곧이어
"술 마셨어?" 하고 물었다. 그러면 우진은
"술 없으면 잠이 안 와"라고 했다. 그는 3년
전에 만나던 사람이었는데 자신과 헤어지고
다음에 만난 사람과 결혼했다. 우진은 결혼을
앞두고도 가끔 영리를 만났다. 잠을 잔 것은
아니었다. 그녀는 잘 것도 아니면서 왜 만나는
거야, 라고 묻지는 않았다. 아마 나하고
같은 이유겠지. 그러면 난 우진을 왜 만나는
걸까. 이유가 있지만 이유를 알지는 못하는
채로 약속을 잡고 차를 마시고 잠시 대화를
하다가 헤어졌다. 결혼식이 가까워지면서는
만나지 않았다. 대신 통화를 한 번 했는데
그때 우진은 미안하다며 울었다. 영리는 그가

자신과 헤어지기 전에 이미 다른 여자가 생긴 것을 알고 있었지만 아는 척을 하지 못했다. 아는 척을 하면 그가 자신보다 그 여자를 더 사랑하게 됐다는 사실을 인정해야만 할 것 같아서였다. "잘 살고." "그래. 너도." 그들의 마지막 통화는 건조하게 끝났다.

새벽 전화는 1년 전 그의 아내가 죽은 이후부터 시작됐다. 영리는 전화를 받지 않을 수도 있었으나 그럼에도 꾸준히 받았다. 무료할 때도 있고 외로울 때도 있고 때로는 슬퍼하는 그의 목소리에서 위안을 받기도 했다. 그는 전화를 걸면 같은 말을 반복했다. 그 사람은 왜 그랬을까. 내 탓일까 다른 사람 탓일까 본인이 약했던 탓일까. 혹시 우리 탓일까. 난 그 사람이 아픈 것도 눈치채지 못했는데. 어떻게 가장 가까운 사람이 그런 걸 모를 수 있지? 그 사람은 어떻게

나만 남겨두고 그럴 수 있지? 내가 죽으면
용서받을까. 용서받아야 할 일을 내가 한
걸까. 영리는 그가 하는 말을 조용히 들었다.
그건 영리의 마음과도 같았기 때문에. 우진이
그 말을 뱉으면 뱉을수록 그와 영리의 마음은
짙어졌다가 연해졌다가 다시 짙어졌다.
전화가 끝나면 영리는 알람을 맞춘 후 소파에
누웠다. 영리는 침대 대신 그 옆에 있는
소파에서 담요를 덮고 자는 걸 좋아했다.
그녀는 옆으로 팔베개를 하고 누워 정돈된
침대를 바라보며 그렇지만…… 언제까지 이럴
수는 없잖아 우리, 하고 매번 우진에게 하려다
못 한 말을 중얼거리면서 잠들곤 했다.

　　영리는 매일 똑같이 살았다. 가끔 본가에
가거나 친구를 만나는 경우를 제외하고는
정해진 대로 움직이고 먹고 잠을 잤다. 그런
책임이라도 가지지 않으면 온종일 생각에

파묻혀 지냈을 테니까. 일어난 일은 이미
일어난 일이고 되돌릴 수 없으므로 그것과
함께 살아가는 방법을 찾아가야 했다.
말하자면 영리는 어떻게든 살아보려고
노력하는 중이었다. 그렇게 노력하는 중에도
드문드문 이게 다 무슨 소용일까 하는 생각에
자주 빠졌다. 그런 시기가 찾아오면 영리는
신변을 정리했다. 신변 정리라곤 하지만
대단한 건 아니었다. 혼자 살고 있는 집의
전세 계약서나 신분증 같은 것을 발견하기
쉬운 곳에 두거나 일기장을 버리고 노트북에
적어둔 메모들을 삭제하는 것이었다. 누군가
나중에 집을 치우게 된다면 번거롭지 않도록
최대한 미리 정리해두려는 것이었다. 정리가
끝나면 조금은 가벼운 마음으로 잠에 들 수
있었다.

시은의 친구라는 사람에게 전화를 받았을
때도 그런 정리를 하고 있었다. 무언가를
끝내겠다는 마음이 아니라 그냥 그래야 할
것 같은 날이었다. 일기장은 이미 세 번이나
버렸기 때문에 한 달 치의 기록밖에 없었지만
그래도 버렸다. 집에 쌓여 있던 쓰레기도 갖다
버리고 입지 않는 옷가지를 몇 벌 버렸다.
그리고 화장실 청소를 했다. 먼저 뜨거운 물을
뿌렸다. 세면대를 먼저 닦고 다음엔 변기를
청소했다. 변기는 생각보다 꼼꼼하게 닦아야
했다. 물이 나오는 곳에 은근히 때가 잘 끼기
때문에 변기 솔로 여러 번 문질렀다. 방에서
전화벨 소리가 들렸지만 영리는 그것을
무시하고 계속 변기를 닦고 또 닦았다. 청소는
중간에 리듬이 깨지면 안 된다. 청소란 것에는
시작과 끝이 있고 흐름이 있고 목적이 있다.
영리는 그 생각에 집중하며 샤워실 바닥과

벽도 닦았다.

화장실 청소를 마치고 나오니 모르는
번호로 세 번이나 전화가 와 있었다. 누구지?
전화할 사람이 없는데, 라고 생각하는데
문득 시은일지도 모른단 예감이 들었다.
아닐 걸 알면서도 혹시 모르니까. 영리의
심장이 빠르게 뛰기 시작했다. 영리는 목을
쓸어내리며 전화를 걸었고 이내 젊은 여자의
목소리가 들렸다. "해린이라고 시은이
친군데요. 시은이가 돈을 빌렸는데 연락이
안 돼요." 시은이 친구에게 빌린 돈은 천만
원이라고 했다.

부모님은 시은이 집을 나간 뒤로 반년
동안 다달이 최소한의 생활이 될 정도의
돈을 부쳐주고 있었다. 그러면 고맙다는
연락이라도 하지 않을까 하는 생각이었다고
했다. 나중에 그 사실을 알게 된 영리가

오히려 돈이 충분하면 돌아올 생각을 하지 않을 거라며 돈 보내는 일을 그만하라고 했다. "돈이 궁하면 집에 들어오겠지." 영리는 확신했었다. 그런데 그게 잘한 일일까. 돈을 빌려야 할 정도로 큰일이 있는 건지 아니면 그냥 생활비가 부족한 건지 알 수 없어서 답답했다. 영리가 얼마간 말이 없자 해린이 "여보세요?" 하고 그녀를 불렀다. 영리는 아, 하고는 만나서 얘기하면 좋겠다고 했다. 그녀는 해린과 만날 약속을 정하고 전화를 끊었다.

시은이 차원명상센터라는 곳에 다닌다는 사실을 처음 알았을 땐 그 애답지 않다고 여겼다. "웬 명상?" 하고 묻자 시은은 "그냥"이라고 했다. 당연히 아무런 의심도 하지 않았다. 그러니까 '그냥 명상'에 무슨

음모가 있겠는가. 하지만 영리는 그때
알아챘어야 한다고 후회했다. 역시나 평소의
동생답지 않은 행동이었으니까. 영리가
본가에 갔던 날 시은의 선반에서 차원명상에
관한 책을 발견했을 때도 대수롭지 않게
여겼다. 단지 차원명상이 뭐지? 이런 말은
처음 들어보는데? 하고 말았다. 시간이 좀 더
흐른 뒤에 여전히 동생의 선반에 꽂혀 있는
그 책을 우연히 펼쳐보았을 때 영리는 무언가
이상하다는 걸 느꼈다. 물리 공식과 우주와
신과 차원에 대한 이야기, 가느다란 눈과
부처처럼 축 늘어진 귓불을 가진 2미터쯤
되는 장신의 남자 사진, 그리고 남자 주변에
일렬로 서서 두 손으로 삼각형을 만들어
보이고 있는 사람들과 22세기의 종말론까지.
그러니까 그건 일반적이지 않았다. 영리는
책장을 넘기는 동안 손에 자꾸만 땀이 차서

바지에 손바닥을 여러 번 문질러야 했다.

시은은 걱정할 만한 단체가 아니라고
했지만 영리가 보기엔 명백히 사이비였다. 한
인간을 신의 대리인이라고 말하는 게 말이
되냐고 소리치자 시은은 "내가 믿어야 우리
가족이 살 수 있다고. 내 일은 내가 알아서
할게"라고 했다. 센터에 나가지 않으면 가족이
모두 병들어 죽는다고 믿었다. 엄마에게
자궁근종이 있다는 걸 알게 된 시은은 더
불안해하기 시작했다. 시은이 회사까지
그만두고 명상센터에 다니고 있었다는 사실을
알게 된 건 한참 뒤였다. 영리는 '가족이
사이비에 빠졌을 때', '사이비에서 나오는
방법' 같은 것들을 검색하며 정보를 찾았다.
가족의 도움으로 빠져나왔다는 실제 사례가
많이 있었다. 희망이 없지는 않았다. 아빠는
시은이 아예 집 밖으로 나가지 못하도록

감시하기 위해 회사를 그만두었다. 평일에는
부모님이 교대로 시은을 감시했고 주말에는
영리가 와서 동생을 지켰다.

시은은 밖에 나갈 수 없게 되자 단식을
시작했다. 영리는 문밖에 앉아 지키고
있었다. 시은에게 밥을 먹으라고 하면 대꾸도
하지 않다가 갑자기 문을 부술 듯이 발로
차고 의자와 물건을 집어 던졌다. 그러고는
또 오랫동안 조용히 있다가 불현듯 욕을
하고 소리를 지르기도 했다. 영리는 거세게
흔들리는 문 밖에서 귀를 막고 앉아 있었다.

그날 영리는 문을 사이에 두고 시은과
긴 시간 대화를 나눴다. 마음이 아픈
거니까 병원에 가자고 했다. 치료하면 낫는
병이라고 나는 네가 그렇게 아픈 줄 몰랐다고
미안하다고, 설득하고 또 애원했다. 그러면
시은은 고차원이 어떻고 구원이 어떻고 하는

얘기만 했다. "내가 다 구할 거야. 언니는 아무것도 몰라. 내가 하려는 일이 뭔지 몰라." 그러더니 시은이 기도하는 소리가 들려왔다. 누구를 향한 기도인지 무엇을 위한 기도인지 알고 싶지 않았다. 진실은 많이 알면 알수록 괴로운 법이니까. 영리는 시은이 기도하는 소리를 들으면서 방문에 등을 기댄 채로 앉아 마주 보이는 벽을 멍하니 바라보았다. 단단하게 막힌 벽과 대화하는 기분이 들었다. 시은의 목소리가 들리긴 하는데 시은이 보이지 않는 기묘한 느낌. "누가 누굴 구한다는 거야. 현실을 봐봐. 너 때문에 우리 다 망가지고 있잖아." 영리의 말에 시은의 기도 소리가 멈췄다.

　　시은은 결국 도망쳤다. 이단상담소에 가겠다는 말을 듣고 방심한 탓이었다. 시은은 옷도 차원명상에 관한 책도 아끼던 물건도

모두 두고 갔다. 시은이 떠나고 얼마 뒤에
영리는 일을 그만두었다. 그냥 다 포기하고
쉬고 싶었다.

4

시은의 일상은 촘촘하게 짜여 있었다.
아침에 일어나 규선의 카페에 출근해서
일을 도왔다. 전에는 회사를 다녔지만
명상에 매진하면서 일을 그만뒀다. 그런 게
무슨 소용이야, 그런 생각이 들었다. 대신
규선의 카페에서 함께 일하면 인건비도
줄이고 그와 같이 있을 수 있어서 좋았다.
저녁에는 차원명상센터에 갔다. 평일에는
저녁마다 명상 교육이 있었고 일요일에는
센터에서 초청한 종교인들의 설교를 들었다.
그리고 일주일에 한 번은 규선의 카페에서

차원명상센터의 회원들과 함께 명상 간증
모임을 진행했다. 일과가 끝나면 규선과 늦은
저녁을 먹고 기도를 한 다음 잠에 들었다.

수민이 떠나기 전과 떠난 후에도 생활은
비슷했다. 다만 수민이 있다가 없어진 것.
다른 점은 그 한 가지였다. 이제 시은은 혼자
담배를 피우고 산책을 하고 생각을 했다.
규선은 담배 피우는 걸 싫어했다. 건강도
나빠지고 쓸데없는 사념을 만들어내는 악마적
행위라고 했다. 사실 시은은 수민을 만나기
전까지 금연을 하고 있었다. 불티나 라이터가
400원일 때 담배를 피웠는데 언젠가 영리가
"왜 너한테 가끔 담배 냄새가 나지?"라고
하는 말을 듣고는 가족에게 들키기 전에 끊은
것이었다.

수민을 만나면서 시은은 다시 담배를
피우기 시작했다. 수민은 "이 좋은 걸 왜

끊어?" 하면서 자연스럽게 담배를 건넸고
시은은 잠시 고민하다가 입에 물었다. 수민은
노란색 라이터를 꺼내 시은의 담배에 불을
붙여주면서 말했다. "넌 고차원이 진짜 있다고
믿어?" 그 질문에 시은은 갑자기 아득해졌다.
오랜만에 피운 담배 때문인지 아니면 이상한
질문 때문인지 구분이 되지 않았다. "너도
고차원에 갔다 왔으니까 알잖아. 그곳은
정말 있어." 시은의 말에 수민이 담배를
하나 더 꺼내 물면서 말했다. "내 비밀 하나
말해줄게. 사실 나 명상 시간에 연기하는
거야. 다른 차원에 진입한 척하는 연기." 그
말에 시은은 웃음이 터졌다. 수민은 가끔
엉뚱한 말로 시은을 웃기려고 했다. "넌 가끔
우리 언니 같아. 언니도 너처럼 이상한 말을
할 때가 있거든." "그래? 그럼 나처럼 재밌는
분이겠네." 수민도 시은을 따라 웃다가 사뭇

진지한 표정으로 말했다. "여기선 차원
진입을 기적처럼 여기잖아. 근데 잘 생각해봐.
신이란 존재는 꼭 차원 진입을 하지 않아도
느낄 수 있어야 돼. 마치 공기처럼 말이야."
수민은 공기를 만지려는 듯 두 손을 펼쳐
허공을 더듬으며 말했다. "그게 무슨 뜻이야?"
"그러니까 내 말은 뭐냐면, 공기는 우리
주변에 항상 있잖아. 존재하지만 보이지
않는 것. 인식하지 못하지만 곁에 있는 것.
오염되거나 부족해지면 그제야 절실해지는
것. 신도 그렇다는 거지." "그런가?" 시은은
고개를 갸웃거렸다. "고차원을 믿는 건 신을
믿는 게 아니야. 믿음이 부족하니까 기적을
바라는 거지." "그래도 난 고차원을 믿어. 그
안에선 차별이나 고통이 없거든. 그걸 믿어야
가족도 지킬 수 있고." 그러자 수민이 잠시
침묵했다가 "자, 선물" 하면서 자신의 노란색

라이터를 건넸다. "이게 널 구원해줄 거야."

시은은 웃으면서 "담배가 구원이라는 거지?"

하고 말했고 그 말에 수민은 "그래, 그러니까

절대 끊을 생각 하지 마"라고 했다.

"그러니까 난 정말 구원받은 걸까?"

시은은 수민과의 대화를 떠올리다가 무심결에

혼잣말을 한 적이 있다. 마감 청소를 하던

규선은 그 말을 듣고는 시은을 말없이

쳐다봤다. 어쩐지 그의 눈빛이 예전하고는

조금 달라진 것 같다는 생각이 들었다. "자기

요즘 정말 이상한 거 알아? 수민 씨 때문에

그래? 그 사람은 변절자라고." 규선은 그렇게

말하고는 카페 밖으로 나갔다. 잠시 바람을

쐬고 온다고 했다. 시은의 입장에선 진짜 변한

사람은 규선이었다. 전에는 규선과 종일 붙어

있어도 시간이 부족하고 아쉬운 기분이었는데

이제는 아니었다. 언젠가부터 고차원에 대한

얘기를 하다가 시은이 그와 다른 의견을
내기라도 하면 더 이상 대화를 이어가지
않았다. "아니, 차원을 믿지 않는다는 말이
아냐. 구원의 방식이 반드시 고차원 진입일
필요는 없지 않을까 하는 거야." "그만해.
우리 이러다 싸우겠다. 지금 한 말은 다른
데선 조심하는 게 좋아." 그런 말을 들으면
시은은 힘이 쭉 빠져나가는 것 같았다. 그와
한 공간에 있을 땐 마치 닿으면 감전이 되는
장벽에 가로막힌 느낌이었다. 그럴 때마다
시은은 담배를 피웠고 수민을 생각했다. 그게
담배를 계속 피울 수밖에 없는 이유였다.

규선은 명상 신봉자였다. "설교 말씀은
매번 달라도 결국 관통하는 메시지는
똑같아요. 우리는 시간이란 개념 안에
살고 있지만 그 개념은 애초에 존재하지

않는다는 거죠. 그게 인간이 고차원으로
가지 못하는 가장 큰 이유고요. 혼돈과
질서를 무슨 기준으로 구분할 수 있죠? 모두
인간이 만든 개념이잖아요. 시선의 방향이
중요한 게 아니라 시야의 확장이 중요하다는
뜻이에요." 규선은 예배와 교육을 담당하는
목사님만큼이나 설명을 잘했다. "명상을 하면
육체의 한계를 벗어날 수 있어요. 궁극의
정신세계로 들어가는 거죠. 불교로 따지면
열반과 비슷한 거예요. 고차원에 진입하면
시간과 공간이 사라지는데요. 과거와 현재와
미래가 동시에 존재하기 때문에 예지력까지
얻게 될 수 있어요. 놀랍지 않나요?" 그는
명상 시간이 되면 항상 시은의 옆에 앉았고
명상이 끝나면 시은에게 따로 차를 마시자고
했다. 시은도 그와 함께 보내는 시간을
좋아했다. "저도 사실 예전부터 그런 얘기를

좋아했어요. 우주나 차원 같은 거요. 그런

세계가 실존한다고 믿거든요." 시은의 말에

규선도 고개를 끄덕이며 "맞아요. 이런 말

우습게 생각하는 사람들이 많은데 그게

센터가 존재하는 이유잖아요. 연기에 눈먼

사람들에게 진리를 전하는 거요"라며

맞장구를 쳤다.

시은은 규선을 진심으로 좋아했다. 그에겐

무슨 말을 해도 전부 이해해줄 것 같은

다정함이 있었고 무언가에 심취할 수 있는

열정이 있었다. 규선처럼 강한 끌림을 느낀

사람은 처음이었다.

시은은 규선을 만나기 전에 몇 번의

짧은 연애를 했다. 그녀의 첫 남자 친구였던

주호는 대학교 동기였는데 신입생들이

모이는 술자리에서 게임을 하다가 말을 트게

됐다. 그날 술자리는 두 사람을 커플처럼

몰아가는 분위기였다. 다들 조금씩 취하기
시작하자 진실 게임을 하면서 각자 이상형을
밝혔는데 주호가 자신의 이상형은 단발머리에
목걸이를 한 사람이라고 말하는 바람에
그렇게 된 것이다. 무슨 이상형이 목걸이를
한 여자일까, 마르거나 통통하거나 키가
크거나 작거나 말이 많고 외향적이거나
혼자 지내는 외톨이형이거나 손이 예쁘거나
눈이 예쁘거나 보통 그런 걸 말하지 않나.
그 자리에 목걸이를 한 여자는 많았지만
하필이면 단발머리이기까지 한 사람은 시은을
포함해 두 명이었다. 주호의 말이 끝나자마자
사람들은 빠르게 눈을 굴리며 그 조건에 맞는
사람을 찾으려고 했고 시은은 얼른 목걸이를
옷 속으로 감추었다. 하지만 시은보다 행동이
더 빨랐던 사람은 다른 단발머리 동기였다.
그 단발머리는 입학 때부터 눈에 띌 정도로

예뻐서 과에서 절반 정도는 그 단발머리를
마음에 두고 있을 게 분명했다.

그 단발머리는 "어! 그거 완전
시은이잖아" 하고 말했고 시은과 주호는
동시에 당황했다. "여기 없을 수도 있어."
시은이 다급하게 얘기했지만 주호는
귀가 빨개진 채로 아무 말도 하지 않았다.
두 사람은 술자리가 끝나고 같이 집에
갔다. 방향은 달랐지만 주호가 시은을
데려다주겠다고 한 것이다. "그거 나
아니었지?" 시은은 집에 거의 도착할 즈음
주호에게 물었고 주호는 "궁금해?" 하고
물었다. 주호가 궁금하냐고 묻기 전까지는
당연히 그 예쁜 단발머리일 거라고
생각했는데 주호가 그렇게 물어보니까 어쩌면
정말 자신이었을지도 모른다는 생각이
들었다. 시은은 대답하지 못했고 주호도

아무런 말이 없었다. 시은은 그의 시선이 어색해서 손으로 괜히 목 부근을 쓸다가 옷 속에 있는 목걸이를 꺼내 목걸이 줄을 만지작거렸다. 그날 시은은 주호와 입을 맞추고 사귀기 시작했다. 시은은 주호의 혀가 들어오려고 할 때 입술을 살짝 뗐다. "여기까지만." 그건 만난 지 한 달 정도 됐을 때 할 생각이었다. 그들은 일주일 뒤에 헤어졌다. "넌 이상한 말을 많이 해. 코드가 좀 안 맞는다고 해야 하나." 주호는 헤어지는 날 그렇게 말했다. 거짓말, 네가 말한 목걸이를 한 단발머리는 원래 내가 아니라 걔였잖아. 시은은 첫날 키스를 하지 않은 걸 다행이라고 생각했다.

두 번째 남자 친구 강현과는 한 달 정도 만나다가 그가 뉴욕으로 어학연수를 가면서 장거리 연애를 시작했다. 6개월만 있다가

올 예정이라고 했다. 시은은 강현이 미국에

가서도 매일 영상통화를 했다. 저녁에 한

번 아침에 한 번 하루에 두 번씩. 강현은

영상통화를 시간 여행이라고 불렀다. "너는

나의 미래 시간대에 있고 나는 너의 과거

시간대에 있으니까." "정말 그렇다면 우린

절대 만날 수 없었던 인연이야." "만날 수

없었지만 만나게 됐으니 운명이지." 강현은

머리도 좋고 똑똑했는데 가끔 엉뚱한 말을

할 때가 있었다. 20대 초반의 시은은 그런

강현을 문학적이라고 생각했다. 사랑은

사람을 유치하게 만들잖아, 그렇게 생각했다.

"너무 신기해. 우리가 이렇게 멀리 떨어져

있는데도 마음은 가깝게 느껴지는 게." 시은은

종종 자신의 마음에 스스로 감탄하곤 했는데

그러면 강현은 "직접 만지고 싶어. 안아보고

싶어"라고 했다. 그건 시은도 마찬가지였다.

강현을 안을 때 그의 목덜미에서 나던 냄새를
맡고 싶었다. 그건 강현만의 냄새였다. 살과
땀과 먼지가 섞인 강현만의 유전자였다. 문득
시은은 강현을 닮은 아이는 얼마나 귀여울까
하고 생각했고, 이내 아직은 너무 일러,
라고도 생각했다.

　　두 사람은 2개월 뒤에 헤어졌다. 두
사람이 이별할 때 뉴욕은 밤이었고 서울은
아침이었다. 시은은 서울이 밝을 때 헤어진
게 다행이라고 생각했다. 서울이 어두울 때
헤어졌다면 울다가 잠을 자지 못했을 것이다.
강현은 마지막에 슬퍼할 필요가 없다고 했다.
"시간은 동시에 존재하니까." 과거와 미래는
현재에 같이 존재하고 있으니 언제든 서로가
그리울 때 기억을 떠올리자고 했다. 서울보다
뉴욕을 더 사랑하게 된 강현은 떠났지만
과거에 머물고 있는 강현을 현재의 시은은

종종 기억했다.

규선이 "우리가 만난 것도 겹겹이
쌓인 차원을 통과해서 우연히 한 지점에서
부딪힌 거라고 설명할 수 있어요. 한마디로
운명이라는 거죠"라는 말을 했을 때도 강현이
잠깐 떠올랐다. 강현이 했던 말이 이런
뜻이었나. 시은은 명상 이론에 대해 열심히
설명하고 있는 규선을 보면서 무언가를
어렴풋이 깨달은 느낌이었고 그때 사랑에
빠졌다, 고 회상했다.

여전히 시은은 규선을 사랑했다. 그의
모든 것을 지지하고 싶었다. 그랬기 때문에
차원명상을 이어갔다. 그녀는 무릎을 꿇고
앉아 머릿속에 점을 하나 찍어두고 그 점에
정신을 모았다. 어떤 때는 진입 직전에
몰입이 흩어지기도 했고 어떤 때는 다른

차원에 들어갔다가 금세 허우적거리며 다시 돌아올 때도 있었다. 시은의 고차원에는 먼지 같은 입자들이 떠다녔다. 그건 때론 담배 연기나 안개처럼 보였는데 고차원의 기체는 자유자재로 형태를 만들어냈다. 기체로 만들어진 형태는 사람이거나 동물이었다. 때론 그 안에 너무 오래 있어서 멀미를 느낄 때도 있었다. 시은은 규선을 위해 간증 모임에서도 자신의 경험을 더 열심히 설명했다. "그 정도면 고차원 진입 고수라고 말할 수 있을 정도예요." "시은 님 대단한데요." "역시 두 분은 선택받았어요." 규선이 시은을 흐뭇하게 바라보며 박수를 치자 다른 회원들도 따라서 박수를 쳤다. 그때 한 신입 회원이 시은의 간증을 듣고는 "명상 상태에 너무 오래 있으면 안 돼요. 그게 진짜라고 착각하게 되거든요"라고 말해서 일순 조용해졌다. 그 신입 회원은 수민이 사라지고 결원이 생겨 새로 영입한 멤버였다.

시은은 미소를 지으며 말했다.

"이 분야에 대해 잘 아시나 봐요."

"잘 아는 건 아니고요. 제가 보기엔 센터에 계신 분들 대부분은 명상을 제대로 할 줄 모르는 거 같아요. 간증 내용만 들어도 알겠어요."

그 신입 회원이 설명하기로는 사람들 대부분이 책에서 읽었거나 교육받은 내용을 토대로 환상을 만들어 자신이 차원을 이동했다고 착각하는 것이라 했다.

"마치 최면처럼 말이죠. 집단 세뇌라고도 할 수 있겠네요."

"어머 이 회원님, 위험한 말씀을 하시네. 여기에선 말 함부로 하면 안 돼요. 우리 센터가 어떤 곳인 줄 알고."

중년의 여성이 살짝 언성을 높이며 경고했다. 신입 회원은 아랑곳하지 않고 말을 이어갔다.

"명상 시간에 보면 가끔 웃기다니까요. 그렇지 않아요? 왜 다 비슷한 걸 경험하죠?"

또 다른 남성 회원은 불편한 듯 차를 한 모금 마신 후 컵을 세게 내려놓았다. 규선의 표정도 굳어 있었다. 시은은 자리를 빨리 끝내기 위해 그 신입 회원을 향해 말했다.

"회원님 말씀도 일리가 있어요. 그런데 제가 보기엔…… 믿음이 아직 더 필요하신 거 같아요."

그러자 신입 회원은 시은의 눈을 바라보다가 미소를 지었다. 시은은 그의 시선을 피해 자리에서 일어났다.

5

영리는 고민을 하다 공기청정기를 하나
샀다. 가을이라 건조해서 그런지 아니면
미세먼지 때문인지 기침이 심해졌고 건강에
더 신경을 써야겠다고 생각했다. 전에도
기침을 오래 하다가 폐렴까지 간 적이 있었다.
그때는 두 달 동안 기침을 했었는데 약을
먹어도 나아질 기미가 보이지 않았다. 기침은
이상하게 밤에 더 심해서 잠을 거의 자지
못했다. 기침을 연속으로 하다 보면 구역질이
나왔다. 그 때문에 누워 있다가 화장실로
뛰어간 적이 몇 번 있었다.

이번에는 증상이 악화되기 전에 할
수 있는 건 전부 해야겠다고 마음먹었다.
이비인후과에 가서 약을 타고 수액을
맞았다. 병원을 다녀오는 길엔 약국에 들러

마그네슘과 종합비타민을 샀다. "이게 제일 좋나요?" "이게 제일 잘 나가요." 영리는 약사의 말을 믿어보기로 했다. 미세먼지가 없는 날에는 실내 자전거를 타는 대신 무조건 밖으로 나갔다. 갈수록 먼지가 없는 깨끗한 날은 줄어들 테니까. 그 전까진 깨끗한 공기를 실컷 마셔둬야 했다. 집에선 공기청정기를 스물네 시간 동안 틀어놓고 지냈다. 이렇게 매일 틀어놓으면 전기세가 얼마나 나올까. 그래도 에어컨보다는 덜 나오겠지. 에너지 효율이 2등급인데 1등급과 차이가 클까 작을까. 영리는 공기청정기 앞에 앉아 그런 생각을 했다.

영리는 공기청정기가 잘 작동하고 있는지 자주 의문이 들었다. 어떤 때는 영리가 가까이 다가가도 반응이 없지만 또 어떤 때는 멀리 떨어져 있는데도 갑자기 상태

표시등이 주황색으로 변하며 우웅, 소리를 내기도 했기 때문이다. 내 집은 움직임이 멈춘 우주 같은 곳인데 갑자기 어디서 먼지가 날아와서 저러는 거지. 영혼이라도 왔다 갔나. 영혼이라면 누구의 영혼? 그런 게 있을 리가 없잖아. 영리는 그런 존재를 믿지 않았다. 그러면 뭘까. 곰팡이 때문일까. 최근 화장실에 부쩍 곰팡이가 생기기 시작했다. 환풍기를 스물네 시간 틀어놓고 샤워 후에는 물기를 쓸어내는데도 까만 곰팡이가 하나둘씩 늘어났다. 영리는 락스를 사 와서 키친타월에 묻혀 곰팡이가 있는 곳에 하루 동안 방치했다. 그러면 곰팡이는 연한 노란 자국만 남기고 없어졌다. 하지만 그것도 오래가지 못했다. 노란 자국이 남아 있는 곳에 관성처럼 곰팡이가 피어났다. 그 때문인지 그녀는 집 안에 곰팡이 포자가 돌아다니는 듯한 기분이 들었다. 포자들이 떠돌다가 자신의 폐에 들어와 양분을 빨아먹는 그림을 상상하면 비위가 상했다.

쓸데없는 상상력은 의심만 키우지. 그녀는 모든 것이 의심스러웠다. 시은이 차원명상에 대한 신앙이 두터워지면서 더더욱 믿음을 잃어갔다. 심지어 공기청정기마저 의심했다. 어쩌면 공기청정기라는 것은 실제로 먼지를 감지하는 게 아니라 제대로 작동하는 것처럼 보이게 하기 위해 주기적으로 상태 표시등이 켜지도록 설계된 건 아닐까. 소비자들은 믿고 싶어 하잖아. 그녀는 자신이 구매한 공기청정기의 후기들을 찾아보았다.

'역시 가전은 여기가 최고', '신랑이 방귀 뀌었는데 바로 빨간불 들어오네요ㅠㅠㅋㅋ 잘 써볼게요', '일주일 됐습니다. 일단 믿고 써봅니다.'

일단 믿는 마음. 그런 마음은 어떻게 가질
수 있는 건지 영리는 알 수 없었다.

시은의 친구라고 했던 해린을 만났을
때도 영리는 비슷한 의문을 가졌다. 시은은
해린에게 천만 원을 빌리면서 담보처럼
영리의 번호를 알려줬다고 했다. "제 돈만
있는 건 아니고 저 말고 두 명 더 있어요. 셋이
같이 돈을 모아서 줬어요." 영리는 돈을 왜
빌려줬는지 궁금했다. "왜라뇨……. 믿으니까
빌려줬죠." "시은이를 뭘 믿고?" "친구니까요.
시은이도 그랬을 거예요. 아마도." 영리는
이해가 되지 않았다. 어떻게 친구라고 바로
믿고 그 큰돈을 빌려줄 수 있지. 그녀는
연락을 끊지 않은 친구들의 얼굴을 떠올렸다.
그 친구들이 천만 원을 빌려달라고 하면
난 빌려줄 수 있을까. 아 천만 원까지는

좀 그런데, 아니 줄 수도 있을 것 같고, 아
모르겠다. 영리는 가상의 상황을 그려보다가
말았다.

사실 영리는 시은의 친구에게서 연락을
받았을 때 어쩌면 진짜 친구가 아닐지도
모른다는 의심이 들었다. 시은의 친구를 몇
명 알고 있고 집에 놀러 왔을 때 스치듯 만난
적도 있다. 얼굴을 다 기억하진 못해도 시은이
종종 친구들과의 일을 들려줄 때 몇몇 이름을
기억하기도 했다. 하지만 그중에 해린은
없었다. 어쩌면 시은이 다니는 종교 단체의
사람일지도 몰랐다. 그 사람이 시은을 인질
삼아 자신에게 협박하는 장면이 그려지자
조금 겁이 났다. 그런 곳에서는 상상 이상으로
무서운 일도 벌어지니까. 하지만 해린을
대면했을 때 그런 걱정은 할 필요가 없었다는
걸 단박에 알았다.

해린은 시은과 대학교 친구라고 했다. 그녀는 카페에 들어오자마자 영리가 있는 테이블로 와서 "언니" 하고 불렀다. "아, 시은이 친구분?" "네. 김해린이라고 합니다." "우리가 본 적이 있었나요? 날 어떻게 알아봤어요?" 영리의 질문에 해린은 "뒷모습이 완전 똑같으신데요. 시은인 줄 알았어요"라고 했다. 시은이랑 똑같다니, 그러면 시은이도 머리를 많이 길렀구나, 하고 생각했다.

해린이 시은을 직접 만나 돈을 빌려준 건 3개월 정도 됐고 마지막으로 연락한 건 한 달 전이라고 했다. 그냥 기다려볼까도 싶었지만 걱정이 돼서 마냥 있을 수만은 없었다고 했다. "번호를 또 바꿨더라고요. 그래서 이젠 진짜 연락이 안 돼요." "돈은 내가 줄게. 걱정 많았겠다." "아뇨. 돈 걱정이 아니라…… 물론 그것도 있긴 한데 시은이도 걱정되잖아요.”
그 걱정이라면 영리도 누구보다 오래 했다.
단순히 사라진 게 큰일은 아니었다. 없어진
사람은 찾으려면 찾을 수 있었다. 전에 한
친구가 전 애인에게 돈을 빌려주고 받지
못한 일이 있었는데 심부름센터 같은 곳에
의뢰해 그 사람을 찾아냈다고 했다. 그러니까
단순히 돈 문제였다면 어떤 방법을 써서라도
동생을 찾아냈을 것이다. 하지만 이건 마음의
문제였다. 마음이란 건 줬다고 해서 반드시
받을 수 있는 게 아니었다. “집에 일이 좀
있어서. 시은이가 화가 많이 났어.” 영리의
말에 해린은 이해한다는 듯 고개를 천천히
끄덕였다. “뭘 들었어?” “아, 뭐, 대충만
알아요. 싸우고 집에서 나왔다고. 저도 그것만
알아요.” 해린은 말을 아끼는 것처럼 보였고
그래서 영리는 더 묻지 않았다. 그녀는 너무

늦지 않게 돈을 보내주겠다고 했다. "내 번호 있으니까 걱정 마. 그리고 시은이한테 연락 오면 알려줘. 부탁할게. 이만 갈까?" 영리가 일어나기 위해 코트를 입고 있는데 해린이 입을 뗐다. "언니는 제 말 어떻게 믿어요?" "응? 뭘?" "시은이가 저한테 돈 빌려줬다는 말이요. 어차피 시은이도 없고 증명할 사람이 없으니 제가 거짓말할 수도 있잖아요." 그러게. 그러고 보니 영리는 거기까지는 생각해보지 않았다. 해린이란 이름도 그녀의 얼굴도 처음 알았는데 왜 난 바로 그녀의 말을 믿었을까. 30년 넘게 같이 살아온 동생 말도 못 믿었으면서. "글쎄……." 영리가 말을 잇지 못하자 해린이 "아 저 거짓말은 안 했어요. 그냥 아무 생각 없이 여쭤본 거예요. 시은이한테 받은 문자 보여드릴게요"라고 하면서 시은이와 나눈 문자를 찾아

보여주었다. 문자를 가만히 들여다보던
영리는 "거짓말 아닌 거 알아. 그러니까
시은이하고 만나게 되면 꼭 연락해야 돼"라고
웃으면서 말했다.

영리는 해린과 만난 일을 집에 알리지
않았다. 그 정도의 돈은 자신이 해결할 수
있었으므로 굳이 걱정을 더 얹고 싶지 않았다.
엄마 아빠가 내 걱정이나 하겠어? 영리의
생각을 알았다면 시은은 그렇게 말했을
것이다. 당연하지 매일 그 생각뿐인걸. 그렇긴
해도 누구도 시은에 대한 이야기를 입 밖으로
꺼내지 않았다. 말을 하지 않는다고 해서
없었던 일이 되는 것도 아니고 시은이 다시
돌아오는 것도 아니지만 그냥 그렇게 지냈다.
대신 엄마는 얼마 전부터 성당에 다니기
시작했다. 요즘 기도를 열심히 드린다고

했다. 아빠는 끊었던 담배를 다시 시작했다.
영리가 전자 담배를 선물했는데 밖에 나가지
않아도 돼서 좋다고 했다. 아빠는 시은의
방에서 담배를 피웠다. "왜 굳이 그 방에서
그래?" 엄마는 그런 아빠를 싫어했다. 아무리
전자 담배라도 보기 싫으니 밖에 나가라며
화를 냈다. 영리는 본가에 가면 시은의
방에서 담배를 피우는 아빠 옆에 앉아 이따금
아무런 상관이 없는 얘기들을 했다. "인도는
미세먼지가 심하대요." "중국에서 호랑이가
나왔대요." "요즘 꿈을 자주 꾸는데 아침에
일어나면 기억이 안 나요." 그러면 아빠는
"시은이는 잘 있니?" 하고 물었다. 그건
영리도 알 수 없는 거였다. 그렇지만 "네, 잘
있어요" 하고는 다시 다른 얘기를 중얼거렸다.

영리는 해린에게서 계좌번호를 받았다.
해린은 다른 두 친구의 이름과 계좌도

알려줬다. 영리는 퇴직금에서 천만 원을 빼서 각각 계좌로 돈을 보냈다. '언니 감사합니다. 시은이 잘 지내고 있을 거예요. 나중에 연락드릴게요'라는 메시지가 왔다. '시은이 도와줘서 고맙다' 영리는 그렇게 답장을 보냈다.

영리는 자기 전에 기도를 해보려고 했다. 하나님 아버지, 하고 머릿속으로 중얼거렸는데 그 뒤로는 기도가 이어지지 않았다. 영리는 신앙심이 없었지만 기도는 아무나 할 수 있는 거니까 자연스럽게 될 줄 알았다. 나는 뭘 바라는 걸까. 동생이 돌아오는 것. 동생이 안전한 것. 동생이 어둠에서 빠져나오는 것. 그런데 어둠이 뭐지? 아 모르겠다. 영리는 역시 기도는 아무나 할 수 있는 게 아니라는 걸 깨달았다. 그래서 대신에 차원명상 책에 쓰인 대로 바닥에 앉아 명상을 해보려고 했다. 책에 의하면 명상이 제대로 이루어졌을 때 현실 세계를 구성하는 물질들이 원자 단위로 쪼개지면서 미세 입자로 구성된 차원에 들어선다고 했다. 그러면 누구와도 연결될 수 있다는 것이다. 하지만 영리는 명상조차도 쉽게 할 수 없었다. 정신에 집중하려고만 하면 과거의 사람들이 떠올라서 마음을 혼란하게 만들었다. 어쩌면 무언가를 믿는다는 것은 자신에게 가장 어려운 일일지도 모른다는 생각이 들었다.

어느 날 우진에게 전화가 왔을 때 차원명상에 관한 얘기를 했다.

"명상을 제대로 하면 다른 차원에 들어갈 수 있대. 그러면 누구와도 연결될 수 있대."

그녀의 말을 들은 우진은 죽은 사람과도 연결될 수 있는지 물었다.

"응. 죽은 사람하고도 연결이 된대."

"그럼 그 사람하고도 만날 수 있을까?"

"응. 명상을 제대로 한다면 말이야. 보고
싶지?"

우진은 어쩐지 대답을 하지 않았다.
그래서 영리는 아내가 보고 싶은 게
아니었냐고 매일 그리운 게 아니었냐고
물었다.

"보고 싶지. 아니, 모르겠어."

"왜 모르겠어?"

"내 탓이라고 하면 어떡해."

이번엔 영리가 대답하지 못했다. 네
탓만은 아니겠지만 네 탓도 있겠지 원래 다
그런 거야. 그 말은 속으로만 했다. 그렇다고
내 탓도 아니잖아. 그 말도 속으로만 했다.
대신 이렇게 말했다.

"난 가끔 정리를 해."

"무슨 정리?"

"내가 남아 있던 흔적들을 치워."

우진이 한동안 말이 없었다. 결국 영리는 침묵을 깨고 그에게 말했다.

"이제 연락하지 마."

"그러지 마. 그런 말 하지 마. 나한테 그러지 마. 너까지 그러지 마."

앞으로 전화를 받지 않는다면 우진이 죽을지도 모른다는 예감이 들었다. 하지만 그런다고 해도 그건 내 탓이 아니야. 아니 내 탓일까. 영리는 알 수가 없었다.

"우리…… 우리는 다른 차원에서도 만나지 말자."

영리는 아무것도 알 수 없는 채로 전화를 끊었다. 차원명상에 관한 책도 눈에 보이지 않도록 멀리 밀어두었다. 대신 시은의 일기장을 가까이 두었다. 얼마 전 본가에 갔을 때 가져온 것이었다. 시은의 이불을

빨래한 다음 매트리스 커버를 씌우다가 그
밑에서 발견했다. 혹시 몰라 일기는 읽지
않았다. 나중에 화를 낼지도 모르니까. 다시
돌아올지도 모르니까. 영리는 피곤함을
느꼈고 빨리 잠들고 싶었다. 정말로 그러길
간절히 바랐다.

6

　규선은 얼마 전부터 결혼이 필요하다고
했다. 결혼이 필요하다는 게 무슨 뜻이지?
하는 표정으로 바라보자 그는 어차피 같이
살고 있어서 크게 달라질 것도 없으니
혼인신고를 하자고 했다. 그의 프러포즈는
상상하던 것만큼 로맨틱하지 않았다.
시은은 선뜻 대답을 할 수 없었다. 기대만큼
로맨틱하지 않아서가 아니었다. 나중에 집에

돌아가게 되면 가족에게 정식으로 규선을
소개하고 인정받고 싶었다. 순진한 애를
가스라이팅하는 사람이라고 비난했던 말을
사과받고 싶었다. 규선은 시은의 말에 불편한
기색을 했다. "진짜 다시 돌아갈 생각 하는 건
아니지? 가족 살려보겠다고 나온 거잖아. 같이
있으면 재앙인 곳이야." "그러니까 엄마가 다
나으면 그때……." "언제까지 그렇게 애처럼
살래? 나는 우리 두 사람을 책임지려고
어떻게든 버텨보고 있다고." 규선은 한숨을
쉬었다.

언젠가부터 규선은 한숨을 자주 쉬었다.
이유를 말해주진 않았지만 돈 때문이라는
걸 직감으로 알았다. 카페를 열면서 받은
대출금도 만만치 않았고 카페 영업도 전처럼
잘되지 않았다. 얼마 전 지역 맘카페에
규선의 카페가 사이비 종교 포교 활동을 하는

곳이라는 글이 올라왔다. 우연의 일치인지
그날 이후부터 손님이 줄기 시작했다. 규선은
차원명상센터의 사이버 전문 팀에 인터넷에
올라온 글을 삭제해달라고 의뢰했다. 돈이
많이 드는 일이었는데 얼마나 냈는지는
말해주지 않았다. 규선은 마치 가장의 역할을
하듯 모든 걸 혼자 짊어지려 했다. 시은이
일을 구해보겠다고 했지만 규선은 항상 같이
붙어 있어야 한다며 취업을 하지 못하게 했다.

　규선은 시은을 지그시 바라보면서
"가족은 거기에 있지 않고 여기에 있어.
너하고 내가 가족이야"라고 했다. 규선은
'가족'에 힘을 주어 말했다. 센터에서도 자신을
여자 친구라고 소개하지 않고 가족이라고
했다. 보험회사에 다니는 센터 회원에게
생명보험을 들 때도 우리는 가족, 이라며
서로를 수익자로 지정하겠다고 했다. 시은은

고차원을 믿으면 보험 같은 건 필요 없을
텐데, 하고 생각했지만 규선의 뜻을 어기고
싶지 않았다.

시은이 당당하게 인사도 하고 인정도
받은 다음에 결혼을 하고 싶다고 하자 규선은
"왜 남의 인정이 필요해? 그 사람들은 널
인정해주지 않잖아. 나도 가족을 다 버렸어.
그런데 넌 왜 아직도 쩔쩔매는데? 나로는
부족해? 대체 뭐가 문제야?"라고 하면서 화를
냈다. 시은은 뭐라고 해야 할지 몰라 고개를
숙이며 그의 눈을 피했다.

그러게 난 뭐가 문젤까. 시은은 예전부터
자기 자신에 깊이 몰두하는 사람이었다.
대개 좋은 쪽보다는 나쁜 쪽으로. 말하자면
시은은 난 대체 뭐가 문제일까, 라는 질문을
스스로에게 많이 하는 타입이었다. 전에는

자신이 예민해서 그런 거라고 생각했다.
예민하기 때문에 없는 문제도 만드는
사람이 아닐까. 모두에게 일어나는 일을
마치 나에게만 일어난다고 확대해석하는
건 아닐까. 지금 내 감정이 너무 격해져서
상황을 제대로 읽지 못하는 건 아닐까. 시은은
차원명상센터에 다니기 전까지는 그런 생각을
자주 했다.

대학교 2학년 때 술자리가 있었다.
시은이 신입생 때부터 친하게 지낸 동기와
선배 들이 모인 자리였다. 누군가의
생일이었고 술집에서 케이크에 초를 붙여
불고 손가락으로 생크림을 찍어 주인공의
얼굴에 묻히는 장난을 했다. 한 남자 동기는
케이크 조각을 접시에 담아서 옆 테이블에
나눠주기도 했다. 그러면서 어떤 여자의
번호를 따 왔다. 그 동기는 나중에 시은에게

고백을 한 적이 있는데 커플이 되지는
않았다. 그날은 다들 들떠 있었다. 시은도
마찬가지였다. 2차 술자리를 위해 이동하는
중에도 사람들이 모두 쳐다볼 정도로 길에서
웃고 떠들었다. 술에 취한 듯 비틀거리며 걷던
노인이 손으로 시은의 엉덩이를 찰싹 때리고
지나갈 때도 다들 황당해했지만 곧바로
웃음을 터트렸다. 시은은 당황했다. 아니 지금
이건 웃을 일이 아닌데. 다들 아무렇지 않다는
사실에 화가 났다. "아 씨발, 아 씨발 새끼!"
하고 스스로도 놀랄 정도로 갑작스럽게 욕이
튀어나왔다. 한 선배가 시은을 불러 "화내는
건 이해하는데 그 정도는 아니었어. 그 사람은
취해서 그런 거잖아. 가끔 이렇게 욱할 때마다
난 좀 당황스러워"라고 했다. 시은은 그날
2차를 가지 않고 집에 와서 한참을 울었다.
노인의 손 때문이 아니라 선배의 말 때문에.

시은은 자신이 예민한 걸까 욕할 정도의 일은
아니었던 걸까 수십 번 수백 번 곱씹어보아도
무엇이 맞는지 알 수 없어서 더 눈물이 났다.

　이후에도 일상은 이어졌다. 강의를
듣고 사람을 만나고 회사를 다니고 운동을
하다가 집에 돌아오면 운동화에 들어간 작은
돌멩이처럼 마음에 걸리적거리는 일들이
한두 가지씩은 꼭 생각이 났다. 아 그때 그
말을 할걸 혹은 그때 그렇게 하지 말걸, 같은
생각을 하게 만드는 일들. 잘생긴 외모로
인기가 많았던 남자 선배가 자신의 몸매를
두고 엉덩이가 발달했다며 "따봉"이라고 했을
때, 칭찬에 대한 화답의 의미로 웃어야 할지
아니면 그런 말은 불쾌하다며 화를 내야 할지
속으로 고민하는 그 상황에서 다른 사람들이
오오, 하며 한쪽으로 기울어가던 자신의
마음을 물타기하듯 흐려놓았을 때. 부서 회식

자리에서 한 과장님이 자신을 불러 왜 그렇게
자주 웃느냐고 면박을 줬을 때. 회사에서
다른 팀의 남자 직원이 퇴근길에 자신을 몰래
쫓아오다가 들키는 바람에 도망치던 일을
친구들에게 말했을 때. 그리고 그 얘기를 들은
누군가가 "혹시 그건 도끼병?" 하고 농담을
했을 때. 이직한 회사에서 한 여자 팀장이
자신이 유부남 직원을 좋아해서 집적댄다는
소문을 냈을 때. 다른 직원들은 그 소문에
의심조차 하지 않았을 때. 그리고 그때 만나던
남자 친구에게 그런 마음을 하소연하자
그가 한숨을 쉬며 "왜 그런 일은 너한테만
일어나는 것 같냐"라면서 피곤하다는 듯
굴었을 때. 시은은 그런 일들을 털어버리려고
했지만 쉽지 않았다. 자신의 문제를 해결해줄
무언가가 필요했다.

　　차원명상센터는 요가원에서 만난 한

여자의 소개로 알게 된 곳이었다. 그 여자는
경계심을 늦추지 않던 시은에게 "심리 상담도
하고 명상도 하는 곳이에요. 가끔 목사님들이
오셔서 설교도 하고 세미나도 해요. 한번
가보세요"라고 했다. 처음엔 호기심이었다.
"영적인 경험을 한 적이 있나요?" 자신을
상담사라고 밝힌 사람이 가입 면담에서
그런 질문을 했다. 시은은 "아뇨, 딱히"라고
말했다. 그 사람은 "전 시은 씨 눈을 보니까 딱
알겠는데요"라고 했다.

두 번째 방문했을 때도 그 사람과
면담을 했다. 그날은 무엇으로 고통받고
있는지 물었다. "큰일은 아니에요. 남자
친구랑 헤어져서 좀 우울한 거 빼곤 없어요."
시은의 말에 그 사람은 기도를 해주었다. 세
번째 면담에서 시은은 아무래도 자신에게
문제가 있는 것 같다고 털어놓았다. "무슨

문제일까요?" "제가 예민해서 주변을
피곤하게 만들어요. 그래서 남친도 화를
자주 냈어요. 제가 의심병이 있다고." "예민한
게 문제가 되나요?" "문제가 될 때도 있죠.
작은 것도 그냥 넘기지 못해요. 제가 쿨하지
못해요." 그러자 상담사는 "예민하다는
건 다르게 생각하면 감각이 깨어 있다는
뜻이에요. 그런 사람들은 영적인 경험을 통해
자신의 특별함을 알게 되기도 해요"라고 했다.
시은은 손을 흔들며 아니라고 했다. "전 그런
경험이 없어요. 무신론자예요." "종교하고는
상관없어요. 한번 잘 생각해보세요." 시은은
그날 이후 자신에 대해 생각해보았다. 전과는
다른 방식으로.

　네 번째 면담에서 시은은 약간 자신 없는
목소리로 말했다. "얼마 전에 생각난 건데
어릴 때 에버랜드에 갔었거든요. 가족들하고

떨어져서 혼자 있게 됐는데 아마도 그때 그런 걸 경험한 거 같아요." "그런 거라는 게 뭐죠?" "영적인 경험……?" 시은은 그렇게 말하고 스스로 부끄러웠다. "괜찮아요. 들어보죠." "부모님은 갑자기 안 보이고 멀리서 언니 뒷모습만 보이는데 언니를 아무리 불러도 절 안 쳐다보는 거예요. 이상한 건 옆에 있던 사람들도 다 제가 안 보였나 봐요. 아무도 관심을 안 주더라고요. 장벽이라고 해야 할까? 그런 데 갇힌 것처럼 세상이랑 분리된 듯했어요." 상담사는 흠, 하면서 턱을 괬다. 시은은 괜히 쓸데없는 말을 했나 싶었다. "저희는 그런 경험을 차원 이동이라고 해요. 여기에 오시는 분들은 다들 비슷한 경험을 했어요. 시간 여행이라고 하면 이해가 더 쉬울 겁니다." 그리고 이어서 센터에 대해 설명했다. "모든 사람들이 그런 경험을 합니다. 그런데 스스로 자각을 못 해요.
현실에 갇혀버린 거죠. 예민한 게 문제라고
했죠? 그건 문제가 아니에요. 오히려
축복이죠. 시은 씨는 결국 알아차렸잖아요.
저희가 단체를 설립한 목적도 그거예요.
자신만의 영적인 경험을 깨닫게 해주고
마음을 치유해주는 일이요. 먼저 치유된
사람들이 아직 고통 속에 있는 사람들을
돕는 거예요. 저희 센터장님도 1년의 절반은
아프리카에서 지내세요. 거기에 저희가 지은
학교도 있습니다. 나중엔 시은 씨도 그곳에
한번 가보셔도 좋겠네요." 그리고 책자를 하나
건넸다. 《고차원을 여행하는 수련자를 위한
안내서》라고 적혀 있었다. 그 제목이 소설
제목에서 따온 것이라는 걸 그때는 몰랐다.
"성경처럼 항상 가지고 다니면 마음이 편해질
겁니다. 아, 물론 저희가 종교는 아니지만요"

하면서 웃었다.

　시은은 점차 나아지고 있는 걸 느꼈다.
센터에 다닌 덕분이었다. 십일조도 시작했다.
센터에서 하는 일은 치유를 위한 일이었고
남을 돕는 일에 일조하고 싶었다. 주말 교육과
예배가 끝나면 규선의 카페에 모여 일상을
나누고 그날의 설교에 대해 토론하기도
했다. 대부분은 센터장에 대한 이야기였다.
말기 암이었던 그는 명상 치료로 완쾌한 후
차원명상센터를 설립했고 그 때문에 불치병에
걸린 사람들이 소문을 듣고 찾아온다고 했다.
또 누군가의 말로는 예지능력도 있어서 선거
결과를 맞혔다고도 했다. "그분이 가끔 특별
면담을 해주실 때도 있는데 대기가 워낙
길어요." 종종 특별 면담을 받기 위해 헌금을
더 하는 경우도 있다고 했다.

　시은도 센터장과 면담을 한 적이 있다.

신입 회원에게는 한 번씩 면담 기회가
주어졌다. 그때 시은도 센터장의 예언을
들었다. 가족이 기가 많이 약해져 있는
상태이며 곧 누군가 아프게 될 것이라 했다.
"시은 님의 기운이 강력해서 그래요. 그 기운
때문에 주위 사람을 병들게 합니다. 시은
님의 영적인 힘을 당해내질 못하는 거예요.
아직 준비가 안 된 사람들이니까요. 특히
가족들이요. 아마 살아오면서 남들한테
이상하다는 얘기를 많이 듣고 살았을
거예요. 이제 그 굴레에서 벗어나야 합니다.
주변을 괴롭게 만들고 혼자 자책하는 연쇄를
끊어내세요." 센터장은 시은의 눈을 끈질기게
쳐다봤다. 그녀는 자신 안에 숨겨둔 부끄러운
생각이 읽히는 기분이었다. "그동안 많이
힘들었겠네요. 고생 많았습니다." 센터장이
그녀의 손을 잡으며 위로하자 시은은 순간

목이 메었다.

시은은 결혼에 대한 대답을 미루는
중이었다. 지금은 때가 아니라고 생각됐기
때문에. 그럼 언젠가 적당하지? 스스로에게
물었지만 대답할 수 없었다. 시은은 결혼에
대한 답 대신에 돈을 빌렸다. 해린에게 연락해
천만 원을 꾸고 생활비와 헌금으로 사용했다.
남은 돈은 규선에게 주었다. 그리고 번호를
바꿨다.

7

우진에게 다시 전화가 온 건 12월
초였다. 영리는 비상계엄 속보를 보면서
아빠와 통화를 하고 있었다. 이게 다 무슨
일이니. 별일 없을 거예요. 영리는 걱정하지

말라는 말밖에 할 수 없었다. 그녀는 실시간 속보 영상과 기사 들을 확인하면서 시은을 떠올렸다. 걔는 이런 날 뭘 하고 있으려나. 예전의 시은이라면 전쟁이 날지도 모른다고 울면서 난리를 쳤을 것이다. 그러면 영리는 그런 건 우리 얘기가 아니야, 하며 안이하게 안심시켰을 것이다. 아니 어쩌면 같이 무서워했을지도 모르지. 항상 대비는 했지만 진짜 이런 상황이 올 거라곤 예상하지 못했으니까.

영리와 시은은 종말과 재앙을 다룬 영화들을 좋아했다. 좀비가 나타나고 바이러스가 창궐하고 핵폭탄이 터져서 세상이 멸망하면 우리는 어떻게 될까? 도망가야지. 도망가기 전에 죽으면 어떡해? 그래도 살아남는 사람들은 꼭 있어. 두 사람은 그런 영화를 보는 것만큼이나 상상하는

것도 좋아했다. 핵폭탄은 막을 수 없으니
그냥 죽어야지. 고통이 없으면 좋겠다.
바이러스는? 그건…… 과학자들이 방법을
찾을 거야. 그럼 그때까지 집 안에 숨어
있자. 그래. 좀비 사태가 일어나면? 그건 더
쉬워. 어떻게 쉬운데? 일단 엄마랑 아빠가
있는 곳으로 집합해. 그리고? 무기랑 식량을
챙겨야 돼. 그렇게만 하면 돼? 아니, 남쪽으로
내려가야지. 만약에 남쪽에서 올라오면
어떡해. 그렇다고 집에만 숨어 있을 순 없어.
흠, 그런가. 그땐 차도 많이 막히겠지? 그렇지.
아, 그리고 제일 중요한 거. 뭔데? 머리를
밀어야 돼. 머리는 왜? 도망치다가 머리채를
잡힐 수도 있잖아. 두 사람은 키득대며
웃었다. 언니, 만약에 우리가 떨어져 있으면
어떡해? 그럼 내가 너 있는 데로 갈게. 연락이
안 되면 어떡해? 내가 찾아내야지 뭐. 그럼 난

안 움직이고 가만히 있을게. 그래, 그러자.

하지만 시은이 남긴 마지막 말은 자신을
찾지 말라는 것이었다. 어떻게 그런 말을
하니. 어떻게 우리보다 그 사람들을 믿을
수 있니. 어떻게 그렇게 강한 믿음을 가질
수 있는 거니. 전에는 누구보다 동생을 잘
안다고 생각했는데 이제 와서 보니 아는 게
아무것도 없다는 사실이 그녀를 고통스럽게
만들었다. 고차원이니 명상 치료니 하는
건 없는 거라고 여러 번 설명해도 시은은
들을 생각조차 하지 않았다. "아니야. 언니도
갔다 와봤잖아. 옛날에 병원에 입원했을 때."
시은은 답답하다는 듯 주먹으로 가슴팍을
쳤다. "언니가 인지를 못 하는 거야. 그건 정말
있어. 나도 옛날에 갔다 왔었어. 에버랜드에서.
나 길 잃어버린 날. 기억 안 나?" 그날 영리는
시은의 눈을 보고는 심장이 내려앉았다. 그

눈은 이미 시은의 것이 아니었다. 누군가
동생의 영혼을 장악해버린 것 같았다. 아,
하는 탄식밖에 할 수 없었다.

휴대폰에 우진의 이름이 떴을 때 영리는
시은에 대한 생각을 간신히 멈출 수 있었다.
한 달 만에 온 전화였다. 영리는 혼자 있는 게
무서웠지만 그의 전화를 받진 않았다. 더는
들어줄 말이 없어서였다. 영리가 전화를 받지
않자 그는 메시지를 보냈다. '잘 있지? 아주
정신이 없다 그치? 걱정하지 마 아무 일 없을
거야 난 잘 있어 너도 잘 있어야 돼.' 영리는
답을 하지 않았다. 답을 하지 않은 채로
새벽까지 뉴스를 보느라 잠을 설쳤다.

8

수민이 사라진 후 센터장은 시은을 불러

면담을 했다. 면담 대기자도 아닌데 이렇게 개인적으로 부르는 건 이례적이었다.

"마음에 틈이 보여요." 센터장은 시은을 보자마자 요즘 변했다는 말을 하면서 그동안 시은에게 신경을 쓰지 못한 것 같다며 미안하다고 했다. "제가 시은 님하고 면담을 자주 못 했더니 그런 것 같네요. 규선 님하고는 잘 지내나요? 별일 없죠?" "네, 잘 지내요." 센터장은 서랍에서 수첩을 꺼내더니 시은에게 질문을 하기 시작했다. "가족은 자주 보나요?" "아니요. 집에서 나오고는 본 적이 없어요." "연락도 안 하고?" "네, 안 하고 싶어요." 센터장은 흠, 하고는 턱을 쓸었다. 그의 표정은 읽기가 어려웠다. 한참 뒤에 입을 뗀 센터장은 수민에 대한 질문을 했다. "수민 회원님하고는 연락한 적 있나요?" 시은은 긴장이 됐지만 바로 대답했다. "아뇨. 별로 안 친했어요." "사람들 말로는 가까웠다던데." "제가요? 아닌데…… 아니에요." 센터장은 의미심장한 표정으로 느리게 고개를 끄덕거렸다. "기도는 자주 해요?" "매일 새벽이랑 밤에 해요. 일하면서도 틈날 때마다 해요." "좋네요. 성관계는 얼마나 자주 해요? 규선 님하고?" 시은은 놀라서 센터장을 쳐다봤다. 센터장은 시은의 답변을 메모하다 말고 그녀를 바라보며 웃었다. "놀랄 필요 없어요. 명상, 섹스, 죽음. 이 세 가지가 고차원 진입을 위한 통로예요. 그래서 관계할 때 어떤 기분인지 알아야 명상할 때도 도움이 됩니다." 시은은 아, 하고 고민하다가 전에는 자주 했지만 요즘엔 거의 하지 않는다고 답했다. "할 때 좋았어요? 어때요?" 시은은 심장이 빠르게 뛰어서 센터장을 쳐다볼 수 없었다. 모든 질문이 다 끝났을 때 센터장은 빈 종이를 내밀면서 가족의 연락처를 적어달라고 했다. "왜요……? 이제 만날 일이 없는데요." 센터장은 비상시를 위한 거라고 했다. "우리가 시은 님 보호자잖아요." 시은은 한참 망설이다가 끝내 적지 않았다. 그 집안에는 이미 악의 균이 퍼져 있어서 다시 볼 일도 없고 생각만 해도 구역질이 날 것 같다고 했다. 그러자 센터장은 종이를 다시 가져갔다. "제가 특별 면담을 진행하는 거 아시죠? 이제 시은 님도 저하고 그걸 해야겠네요." 센터장은 시은의 손을 잡으며 웃었다. "걱정하지 말아요. 저를 통하면 지금 시은 님 마음에 있는 그게 사라질 거예요." 시은은 센터장이 말하는 '그게' 무엇인지 묻고 싶었지만 몸이 얼어붙어서 아무 말도 할 수 없었다.

"시은 씨를 아끼나 봐." 한 회원이 센터장과 개인 면담을 했다는 사실을 알고는

질투가 난다고 했다. "우리 모르게 정성을
많이 드렸나 보죠?" 간증 모임의 멤버들은
정성을 드리면 특별 면담 순서가 빠르게
온다면서 정성을 얼마나 보였는지 무슨
대화를 했는지 물었다. 시은은 그들에게 아무
말도 하지 않았다.

　　수민이 센터에 다닌 기간은 3개월이었다.
길다면 길고 짧다면 아주 짧은 시간이었다.
　　그녀는 언제나 질문이 많았다. 종교
단체가 아니라면서 왜 매주 예배를 드리나요.
기도는 신에게 하는 건가요 센터장님에게
하는 건가요. 차원 이동은 왜 필요한가요.
시은은 애정이 많으면 궁금한 것도 많은
법이지, 정도로 생각했으나 센터장의 생각은
달랐다. 한번은 명상과 기도에 대한 교육
시간에 수민을 지목하며 "수민 님, 수민

님처럼 의심이 많은 분은 아주 피곤해요"
하고는 곧이어 "그렇지만 의심이 많다는
건 긍정적인 신호입니다. 원래 믿음은
의심에서 피어나는 법이니까요. 여러분,
열심히 의심하십시오. 열심히 질문하십시오.
저희 차원명상센터는 여러분들의 질문과
의심으로 믿음을 키우고 있습니다"라고
했다. 사람들은 박수를 쳤다. 누군가는
믿습니다, 하고 외치기도 하고 또 몇몇
사람들은 호탕하게 웃기도 했다. "우리는
차원에 구애받지 않는 몸과 정신을 길러야
합니다. 간혹 어려워 보이는 분들이 보여요.
그분들은 특별 면담이 필요할 것 같네요.
제가 조만간 따로 연락하겠습니다." 센터장은
그 말을 끝으로 수민을 향해 미소를 지었다.
그때 시은은 수민의 얼굴이 순간 굳었다가
금세 풀어지는 걸 몰래 지켜보고 있었다.

수민은 센터장을 향해 똑같이 미소를 보였다.
그날부터 수민은 사람들 앞에서 말을 거의
하지 않았다. 명상 시간에도 가부좌를 하고선
조용히 있을 뿐이었다. 고차원에 진입한 척
연기를 한다더니 이젠 그것도 하지 않았다.
시은은 그녀가 걱정되기 시작했다. 무슨 일이
있느냐고 물어도 수민은 아무것도 아니라고
할 뿐 다른 말은 해주지 않았다.

　　수민을 마지막으로 본 건 그로부터 며칠
뒤였다. 수민이 저녁 시간에 갑자기 카페
앞으로 찾아왔다. 안으로 들어오라고 했지만
규선이 없는 곳에서 단둘이 얘기를 하고
싶다고 했다.

　　"무슨 일이야?"

　　"나 이제 센터 못 나와."

　　시은은 깜짝 놀랐다.

　　"왜? 가족이 이단상담소 가자고 하지?"

"아니, 그게 아니라⋯⋯."

수민은 하고 싶은 말이 많지만 무슨
말부터 해야 할지 모르겠다며 잠시 망설였다.

"시은아, 넌 가족이 있잖아. 난 없어. 난
잃을 게 없어."

"갑자기 그게 무슨 말이야?"

수민은 주변을 살피면서 조심스럽게
센터는 생각만큼 안전한 곳이 아닐 수도
있다고 말했다.

"왜 그래, 무섭게."

여전히 멍한 표정을 하고 있는 시은에게
그녀는 항상 정신을 똑바로 차려야 한다고
당부했다. 수민은 누구보다 믿음이 강한 사람
아니었나.

"너 원래 안 그랬잖아. 왜 갑자기 믿음이
변한 건데?"

수민의 믿음이 변했다는 건 자신의

믿음을 부정하는 것이기도 했다. 수민은
흥분한 시은의 손을 잡으며 말했다.

"센터 다녔다던 내 친구 말이야. 나 그
친구 찾으려고 여길 다닌 거야."

"그 친구는 이제 안 다닌다며. 친구를
찾는다니. 나 이해가 하나도 안 돼."

시은은 혼란스러웠다.

"지금 자세한 얘기는 못 해. 나중에
설명해줄게."

수민은 그 말을 한 후 심호흡을 하더니
"혹시라도 말이야. 나중에 네 생각이 바뀌면
그때 찾아올게. 나하고 한 얘기는 비밀이야.
그래야 내가 안전해"라고 덧붙였다.

시은은 수민이 장난을 치는 거라고 믿고
싶었다. 수민은 울먹거리는 시은을 안고는
조용히 속삭였다.

"내가 준 라이터 잃어버리지 마. 절대

생각을 멈추면 안 돼."

수민은 그 말을 마지막으로 빠르게
걸어서 어둠 속으로 사라졌다.

시은은 수민의 말대로 계속해서 생각했다.
무엇을 생각하라는 건지는 몰랐지만 생각을
끊지 않았다. 그래서인지 좀처럼 명상에도
집중할 수 없었다. 비상계엄이 선포된
날에도 마찬가지였다. 그날은 전 회원이
센터에 모여서 함께 명상을 했다. 국가적
구원기도라는 명목으로 비상소집 문자가 왔고
규선은 시은을 데리고 바로 센터로 향했다.

시은은 거의 두 시간 가까이 무릎을 꿇고
고차원 진입을 시도하고 있었다. 전에는 몇
분 만에 고차원에 진입했는데 어쩐 일인지
머릿속에 어떠한 이미지도 떠오르지 않았다.
대신 "마치 최면처럼 말이죠. 집단 세뇌라고도

할 수 있겠네요"라고 했던 신입 회원의 말이
머리를 어지럽게 만들었다. 그러고 보니 그
신입 회원은 오늘 왔나? 시은은 눈을 뜨고
주변을 둘러보았다. 규선과 다른 사람들은
차원에 진입한 듯 이상한 소리를 내며 몸을
흔들거나 울부짖고 있었다. 시은은 그 광경을
멍하니 바라보다 강당의 맨 뒷줄에 앉아 있던
그 신입 회원과 눈이 마주쳤다. 그는 시은을
보고는 희미하게 웃었다. 그녀는 깜짝 놀라
다시 고개를 돌리고 눈을 감았다.

　　그때 누군가 다가와 시은을 뒤에서
안았다. 느낌만으로도 센터장이라는 걸 알
수 있었다. 시은이 그의 품에서 벗어나려고
하자 그가 속삭였다. "가만히 있어요. 눈
감고. 가만히." 점점 그의 몸이 밀착되면서
숨이 막혔다. 시은이 벗어나려고 할수록
센터장은 더 강하게 조였고 그녀의 귀에 대고

기도를 했다. 두 사람은 한 몸처럼 앞뒤로
몸을 흔들었다. 시은은 눈물이 날 것 같았다.
규선이 이 상황에서 벗어날 수 있게 도와주길
바랐지만 그는 기도에 열중해서 자신에게는
눈길도 주지 않았다. 센터장은 그녀의
귀에 대고 "들어갔나요? 들어갔어요?"라고
계속해서 물었다. "자, 같이 들어갑시다.
차원에 들어갑시다." 시은이 그의 품에서
벗어날 수 있는 방법은 차원에 들어가는 것
하나였다. 어떻게든 그 세계에 진입해야 했다.
시은의 박동이 빨라지면서 숨이 가빠졌다.
그러자 점점 정신이 혼미해지는 걸 느꼈다.
지금 난 이동 중인 건가. 머리가 어지럽고
속이 메스꺼웠다. 의식이 어딘가로 빠르게
이동하는 기분이었다. 언니가 보였고 엄마와
아빠가 보였다. 수민이도 보였다. 수민인
어디로 갔을까. 그녀는 안전할까. 이곳에

다녔다던 그녀의 친구는 어디로 갔을까.
모두 다른 차원으로 가버린 걸까. 왜 다 나만
두고 사라진 거야. 나는 그냥 모두를 구하고
싶었을 뿐인데. 시은은 자신의 뒤통수와 등과
엉덩이와 가슴으로 센터장의 몸을 느끼면서
눈앞에 스쳐 지나가는 사람들에게 자신을
구해달라고 절규했지만 소리를 낼 수 없었다.
누군가 자신의 목소리를 뺏어간 느낌이었다.
점차 몸에 공기가 통하지 않았고 환시가
보이기 시작했다. 여러 가지 색을 띤 기하학
무늬들이 사방으로 펼쳐졌다. 살아야 했다.
어떻게든 살아야 했다. 결국 시은의 목에서
울부짖음과 함께 기도가 터져 나왔다. 자신도
알아들을 수 없는 소리였다. 스스로 무슨
언어를 하고 있는지도 모른 채 알 수 없는
존재에게 자신을 구원해달라고 연신 빌었다.
그 소리에 규선도 시은을 쳐다보았다. 그제야

센터장은 "곧 특별 면담 일정 잡도록 하죠"
하고는 그녀를 풀어주었다.

그날 계엄이 해제된 후에야 집에 돌아올
수 있었다. 시은은 규선에게 안겨 한참을
울었다. 무서웠다고 말하고 싶었지만
이상하게 그 말이 나오지 않았다. "왜 울어.
오늘 잘했는데." 규선은 그녀를 진정시키려고
애썼지만 소용없었다. 시은은 특별 면담은
하기 싫다고 센터장이랑 둘이 있기 싫다고
말했다. 그러자 규선은 그런 좋은 기회를 왜
놓치려고 하냐면서 타박했다. "나 그냥 돈으로
낼래." 시은이 면담 대신 헌금을 하겠다고
하자 규선은 "자긴 돈이 없잖아"라고 했다.
그리고 얼마간 두 사람은 서로 조용했다. 한참
뒤에 시은은 그에게 물었다. "나 사랑해?"
"사랑하지." "정말 사랑해?" "당연한 걸 왜
물어." 시은은 규선에게 안아달라고 했다.

규선은 잠들 때까지 시은을 안고 있었다.
그녀도 그를 안고 있었지만 이상하게
그에게선 아무런 냄새가 나지 않았다.

시은이 규선을 떠난 건 이 주일이 지난
어느 날이었다. 시은은 또다시 완벽히
사라지기로 마음먹었다.

9

영리는 가끔 성당에도 갔다. 혼자 간 것은
아니고 본가에 다녀올 때마다 엄마와 둘이서
갔다. 무언가를 믿어서 가는 건 아니었다.
그런 게 무슨 소용인가. 믿음이라는 것도 믿을
의지가 있는 사람에게만 생기는 게 아닐까.
영리는 무언가를 믿거나 구하고 싶은 것이
없었다. 단지 살아지는 대로 사는 것만이

중요했다. 그러니까 그녀가 성당에 간 건
단지 엄마를 위한 일이었다. 엄마를 위해
할 수 있는 일은 그런 것뿐이었다. 걱정을
더하지 않는 것. 그냥 옆에 있는 것. 아빠는
같이 다니지 않았다. 아빠는 그 시간에 등산을
했다. 가족이 모이면 여전히 시은이에 대한
이야기는 하지 않았다. 세 사람이 거실에
앉아 과일을 먹으면서 텔레비전을 보고 있을
때면 거대한 돌멩이가 된 시은이 함께 앉아
있는 기분을 느꼈다. 그 돌멩이는 투명해서
보이진 않았지만 한구석에 묵직하게 자리를
잡고 앉아 세 사람이 하는 얘기를 듣고 있는
것 같았다. 영리는 그건 영혼일까, 하고
생각하다가 아니 그런 건 없지, 하고 말았다.

영리는 해린과 두 번 더 만났다. 돈은
이미 갚았고 두 사람 중 누구도 시은과
연락이 닿는 사람은 없었지만 그냥 만나서

밥을 먹었다. 영리는 해린을 만나면 말을 거의 하지 않았다. 해린이 수다가 심한 편이었기 때문이다. 그녀는 해린에게서 자신이 몰랐던 시은의 이야기를 듣는 걸 좋아했다. 해린은 새로운 이야기를 해줄 때마다 "아 이거 비밀이라고 했는데" "이거 말해도 되는지 모르겠어요"라면서 시작했고 그러면 영리는 "괜찮아. 우리 만난 거 얘기 안 할 거야"라고 안심시켰다. 해린은 같이 학교를 다닐 때 옥상에서 삼겹살을 구워 먹은 적이 있다고 했다. 그날 시은이 준비해 오기로 한 건 쌈장과 상추였는데 시은이 사 온 상추를 담은 비닐에서 개구리가 나왔다고 했다. "말도 안 돼." "진짠데. 그거 사진도 찍어놨었는데 잠시만요." 해린은 사진을 찾아서 보여주겠다고 앨범을 뒤졌지만 결국 찾지 못했다. 그리고 시은이와 콘서트를 자주 다녔고 예식장 알바도 같이 하고 담배도 피웠다고 했다. "담배? 걔가 담배를 피웠다고?" "아…… 이건 진짜 비밀이에요." 영리는 기분이 묘했다. 시은과 거의 평생을 붙어 지냈는데 다른 세상을 살아온 느낌이었다.

"정말 이해가 안 가요." 두 사람의 대화에 공백이 생겼을 때 먼저 입을 뗀 건 해린이었다. 해린은 명상센터에 대한 이야기를 꺼내면서 "시은이는 똑똑하고. 그러니까 왜 그런 걸 믿을까요?" 영리도 대답할 수 없는 질문이었다. "아픈 거야." 영리의 말에 해린은 "그럼 언젠간 나을 수도 있겠죠?"라고 했다. 역시나 영리는 대답할 수 없었다. 전에는 나을 수 있는 병이라고 확신했다. 그런데 믿음도 병이 될 수 있나. 스스로에게 질문한 적이 있다. 잘못된 걸

믿으면 병이 될 수 있지. 스스로 대답하기도
했다. 하지만 이제 영리에게 그런 확신은
없다. 어떤 깨달음에는 시차가 필요한 법인데,
시간이 지나면 갑자기 알게 되는 것도 있다고
생각했는데, 어쩐지 시은에 관해서만은
아무리 시간이 흘러도 알 수 없는 것들만
늘어나는 것 같았다. "그러길 바라야지."
영리는 해린을 보며 미소 지었다.

해린은 자신이 시은에 대해 얘기한
것들은 반드시 비밀로 지켜달라고 했다.
마치 시은이 돌아올 것처럼. 영리는 고개를
끄덕였다.

며칠 뒤 영리는 독감에 걸렸다. 기침이
계속돼서 알레르기인 줄 알고 기침약만
먹으면서 버티다가 결국 열이 심해져서
병원을 다녀왔다. 크리스마스의 독감이었다.

원래 크리스마스에 엄마와 함께 성당에
가기로 했는데 독감 때문에 갈 수 없다고
연락을 했다. 그리고 병원을 다녀오던 길에
소고기 죽과 물을 사 와서 며칠 동안 소파에
누워 지냈다. 화장실을 다녀오기도 하고 물을
마시기도 하고 가끔씩 눈을 뜨고 생각도
했지만 의식이 희미해서 환상적인 영화를
본 기분이었다. 정신을 차린 건 사흘이
지난 뒤였다. 30대의 마지막 크리스마스를
꿈속에서만 보낸 셈이었다. 그래도 살았네,
눈을 뜬 영리는 생각했다.

　　집 안은 엉망이었다. 물병이 굴러다니고
양말과 옷도 곳곳에 흐트러져 있었다. 먹다
남긴 소고기 죽은 상해서 쉰내가 났지만
곰팡이는 생기지 않았다. 아무것도 하지
않았는데도 이렇게 어질러질 수 있구나.
영리는 먼저 물병의 포장지를 뜯어내고

분리배출을 했다. 청소기를 돌리고 환기도
시켰다. 밖에 미세먼지가 심해서 창문을 오래
열어둘 수는 없었다. 잠깐만 열어두었다가
공기청정기를 틀었다. 정리가 어느 정도
끝난 후에는 소고기 죽을 버리고 설거지를
했다. 영리는 설거지를 하다가 문득 열이
끓던 밤 어딘가 다녀왔던 기억이 떠올랐다.
내가 어디를 다녀왔더라. 14년 전 병원에서
꾸었던 것과 비슷한 꿈이었다. 내가 계속
걸어 다녔는데. 계속 걷다가 누구를 만났는데.
영리는 이내 누군가의 가래가 끓는 기침
소리를 기억해냈고 안개 속을 걸어 다니던
자신의 모습도 떠올렸다. 아 나 그때 나를
만났었지, 하고 중얼거렸다.

영리는 꿈에서 지칠 때까지 걸었다. 안개
때문에 앞이 잘 보이지 않았는데 멀리서 두
사람의 모습이 흐릿하게 보였다. 쪼그려 앉아

울고 있는 자신과 그 모습을 바라보고 있던
또 다른 자신이 있었다. 환자복을 입고 있는
과거의 자신이 쪼그려 앉은 채로 울고 있는
자신을 달래고 있었다. 왜 나는 저렇게 울고
있나. 영리는 그들에게 다가갔다. 조금 더
가까이에서 보니 쪼그려 앉은 채로 울고 있는
사람은 자신이 아니라 시은이었다. 시은의
손에 들린 담배가 타들어가고 있었다. 애 진짜
담배 피우네 어쩐지 냄새가 나더라. 그나저나
나랑 뒷모습이 진짜 똑같다. 영리는 그렇게
생각하면서 더 가까이 다가가고 싶었지만
안개에 가로막혀 가까이 갈 수 없었다. 다만
환자복을 입은 자신과 시은이 대화하는
모습을 가만히 바라볼 수밖에 없었다. 그러다
"이제 자야지. 먼저 자는 사람이 이기는
거야"라고 하는 누군가의 목소리가 들렸고
영리는 "안 자고 싶은데"라고 했지만 자신도

모르게 자꾸 잠에 빠져들었다. 영리는 그
이상한 꿈을 떠올리느라 소고기 죽이 담겨
있던 용기를 멍하니 닦고 또 닦았다.

청소를 마친 영리는 샤워를 했다.
얼마 만이지. 영리는 불과 며칠 전의 일이
까마득하게 느껴졌다. 꿈을 꾸는 사이에
영원이 지나버린 것 같았다. 영리는 샴푸를 두
번이나 했다. 두피가 개운해지는 기분이었다.
"아, 세례받는 거 같네." 그녀는 자신도
모르게 중얼거렸고 머리를 감겨주던 시은을
떠올렸다. 시은은 이런 식으로 불쑥불쑥
나타나서 영리를 무력하게 만들었다. 그녀는
쪼그려 앉아 오랫동안 물을 맞았다. 살아 있는
기분이었다.

10

"내가 찾으러 온다고 했지? 오래
기다렸어?"

시은은 수민을 보자마자 그녀를 세게
안았다. 그녀의 머리칼에서 좋은 냄새가 났다.

비상소집 구원기도가 있고 나서 며칠
뒤에 센터의 상담사에게서 특별 면담 일정이
잡혔다는 연락을 받았다. '운이 좋으십니다.
센터장님이 어렵게 시간 내셨어요.
크리스마스입니다. 날도 기가 막히네요.'
시은은 그 메시지를 보고 메스꺼움을 느꼈다.
시은에게는 돈이 없었다. 예전엔 집에서 돈을
보내줬는데 이젠 그 돈도 보내주지 않았다.
회사를 다니면서 모았던 돈과 퇴직금과
해린에게 빌린 돈은 모두 센터에 갖다 바쳤다.

규선의 사정도 넉넉지 않았다. 할 수 있는
일은 담배를 피우는 것밖에 없었다. 그녀는
특별 면담 일정이 다가올수록 담배를 더 자주
그리고 많이 피웠다. 카페 일에도 소홀했다.
그 때문에 규선과 크게 싸운 적도 있다. "이젠
일도 안 하겠다는 거야? 나 진짜 힘들어.
혼자선 버겁다고." 힘들다는 말만 반복하는
규선을 두고 시은은 밖으로 나갔다. 그리고
거리를 돌아다녔다. 아무리 돌아다녀도
그녀가 갈 수 있는 곳은 규선의 집과 규선의
카페밖에 없었고 그 사실이 절망스러웠다.

　　시은은 수민과 함께 담배를 피우던
골목으로 들어가 그곳에서 담배를 여러 대
태웠다. 피우지는 않고 불을 붙이고는 서서히
타들어가는 걸 지켜보았다. 불이 꺼지려고
하면 한 모금 빨아들여 불을 되살렸다. 그러다
모두에게 버림받았다는 느낌에 갑자기

울음이 터져 나왔다. 다 나를 버렸구나 이제 아무도 없는 거야. 시은은 아무도 지나가지 않는 골목에 쪼그려 앉아 목에서 새어 나오는 울음을 뱉어냈다. 한 손에는 담배를 잡고 또 한 손에는 수민의 라이터를 쥐고서 어린아이처럼 엉엉, 소리를 냈다. 매캐한 담배 연기가 시은을 감싸고 번지다가 흩어졌다. 그녀는 울면서 기도를 하려고 했지만 전처럼 자연스럽게 기도가 이어지지 않았다. 무엇을 믿어야 하는지 알 수 없었으므로 그저 하나님, 하나님만 반복했다. 너무 많이 울어서 현기증이 날 즈음 뒤에서 "시은……" 하는 소리가 들렸다. 자신을 부르는 소리가 너무도 생생해서 현실인지 상상인지 구분이 되지 않았다. 다시 누군가 "시은 씨?" 하고 그녀의 어깨를 살짝 건드렸다. 시은은 놀라서 담배를 떨어뜨렸다. 그러자 그 사람은 "괜찮아요?"

하고는 그녀를 일으켜 세웠다. "누구……."
눈에 눈물이 맺혀 있어서 그 사람을 바로
알아보지 못했다. "저예요. 아시죠?" 시은은
소매로 눈물을 닦아내고 그 사람의 얼굴을
바라보았다. 간증 모임에 나왔던 신입
회원이었다. "어떻게 여길……." 그는 시은의
팔을 잡고 어디론가 끌고 갔다. 더 안전한
곳에 가서 얘기를 하자고 했다. 그의 손을
뿌리치려고 하자 그는 다급하게 "수민이가
기다리고 있어요"라고 했다.

그가 안내한 곳에는 흰색 아반떼 한
대가 있었고 그 안에 수민이 타고 있었다.
차 안에서 세 사람은 오래 대화를 했다.
수민은 그만 연락하라는 메시지만 남기고
사라진 친구를 찾기 위해 차원명상센터에
다니기 시작했고 아직도 그 친구는 행방불명
상태라고 했다. 그러다 센터장이 자신을

압박해오기 시작해서 어쩔 수 없이 잠적해야
했다고 설명했다. 그러더니 신입 회원을
가리키며 "그동안 나 대신에 널 지켜준
수호천사"라고 소개했고, 신입 회원은 얼굴을
붉히며 헛기침을 했다. 시은은 고맙다는
의미로 그를 향해 고개를 숙였다. 수민은
그런 두 사람을 바라보다가 다시 시은에게
말했다. "너 특별 면담 일정 잡혔다며? 그거
하면 안 되는 거야." "알아. 그런데 난 돈이
없어." "무슨 소리야?" "규선 씨가 돈이 없으면
어쩔 수 없이 해야 된대." "아주 미쳤구나."
수민은 창문을 살짝 열고 담배에 불을
붙였다. 특별 면담을 한번 시작하게 되면
그곳에서 빠져나오기가 더 어려워진다고
했다. 두 사람은 특별 면담을 하기 전에
도망치자고 했다. "이 인간들 조직적이야.
사기 집단이라고. 완전하게 끝내려면 널

잊어버릴 때까지 흔적도 없이 사라져야 돼.
가족한테도 연락하면 안 되고. 폰도 대포 폰만
써야 돼. 나랑 같이 가자." 시은은 수민과 함께
있고 싶었다. 하지만 그렇게 되면 규선은
혼자가 될 것이다. 규선은 망가질 것이다.
규선도 같이 구해내야 했다. "미안하지만……
네 남자 친구는 이미 늦었어. 설득하기 힘든
상태야. 괜히 애쓰다가 너만 더 위험해져. 네
주변도." 수민의 말에 신입 회원이 수긍하듯
고개를 끄덕였다. 시은은 수민의 손을 잡고
한동안 말을 잇지 못했다. 규선의 얼굴을
떠올렸다. 나를 사랑한다고 했는데. 그런데
돈이 없다고도 했지. 특별 면담은 어쩔 수
없는 거라고 했지. 그게 사랑하는 걸까. 특별
면담에서 뭘 하게 되는지 정말 모르는 걸까.
수민이 시은의 손을 잡고 흔들었다. "시은,
생각해야 돼. 생각을 멈추면 안 돼."

시은은 규선이 카페에 있는 사이에
집에 들어가 짐을 챙겼다. 정말 중요한
것들만 챙겼다. 일기장과 옷 몇 벌과 규선과
함께 가입했던 자신의 생명보험증권도
들고 나왔다. 수민은 보험회사에 전화해서
당장 해지하라고 했다. 그러고는 라이터로
보험증권에 불을 붙여 태웠다. 시은은 수민의
손을 잡고 그걸 지켜보았다.

시은은 딱 한 번 영리를 찾아간 적이
있다. 수민은 좋지 않은 생각이라고 했지만
시은은 "크리스마스잖아"라고 간절하게
부탁했다. 수민은 하는 수 없이 자신의 대포
폰을 건넸다. 시은은 영리에게 전화를 걸었다.
전화를 받지 않아서 한 번 더 걸었더니
그제야 "응" 하고 전화를 받았다. "언니, 나야."
영리는 대답이 없었다. 시은은 다시 한번

"언니" 하고 부르려는데 영리가 "아파서 죽을
것 같아"라고 했다. 수민은 상태만 빠르게
확인하고 오라고 했다. "밖에서 기다리고
있을게."

영리의 집에 들어섰을 때 아무도 없는
것처럼 고요했다. 캄캄한 집 안에서 빛나는
건 현관의 센서 등뿐이었다. 조심스럽게
안으로 들어가자 소파에 누워 있는 영리가
보였다. 시은이 만들어내는 소음에도 미동도
없었다. 주변은 엉망이었다. 물병들이
굴러다니고 배달 음식을 시켜 먹었는지 배달
용기가 바닥에 놓여 있었다. 소파 아래에는
《고차원을 여행하는 수련자를 위한 안내서》와
자신의 일기장도 있었다. 시은은 영리의 옆에
무릎을 꿇고 앉아 그녀를 살폈다. 그녀는
가끔씩 신음을 내고 있었다. 시은은 영리의
손을 살며시 잡아보았다. 손이 뜨거웠다.

"언니."

시은은 대답이 없는 영리의 손을 흔들며
"언니, 나 왔어"라고 했다. 그러자 영리가
"으응"이라고 했다. 시은은 그게 자신의 말에
대답을 한 건지 신음을 한 건지 알 수 없어서
다시 한번 "언니, 나 왔어"라고 하자 영리가
"응, 알아"라고 했다. 시은의 안에서 무언가
울컥하고 올라왔다. 그녀는 다시 한번 언니의
손을 살짝 흔들며 "언니, 얼굴 보러 왔어.
그런데 빨리 가야 돼"라고 말했다.

"어디를?"

"잠깐 다른 곳에 가 있어야 돼."

영리는 금세 조용해졌다. 자신의 말을
듣고 있는 건지 알 수가 없었다. 그새 잠이 든
것 같기도 했다. 그녀를 흔들어 깨우려는데
영리가 입을 열었다.

"너한테 갔었어."

시은은 그 말에 깜짝 놀랐다. 센터에 왔었다는 말인가? 그건 안 되는데. 시은이 놀라서 말을 잇지 못하는 사이 영리가 다시 말했다.

"그때 너한테 갔었어. 나 병원에 입원했을 때."

"입원했을 때? 예전에?"

"응"

"난 그때 언니랑 병원에 있었잖아. 무슨 소리야?"

"너 잘 때. 나 혼자 돌아다니다가 너한테 갔어. 기억 안 나?"

시은은 잠시 생각하다가 대답했다.

"언니는 가끔 이상해져. 이렇게 뜨거울 때."

"아니야. 근데 왜 울었어?"

"내가 울었어?"

"응, 울면서 기도했어. 그래서 내가
안아줬어."

영리의 입에서 뜨거운 김이 새어 나왔다.

"언니 지금 열이 너무 심해. 약은 먹었어?"

"응. 병원 갔다 왔어. 괜찮아. 머리 많이
길었더라."

언니는 지금 열 때문에 정신이 없는데,
눈도 감고 있는데 나를 어떻게 보고 있는
걸까. 시은은 언니의 얼굴에 가까이 다가갔다.

"너 담배 피우는 거 엄마한테 말한다."

"언니가 그걸 어떻게 알아?"

"그때 너한테 갔었다니까."

영리가 살짝 짜증을 내며 신음했다.

"언제? 나 진짜 모르겠어. 설마 센터에
왔었어? 거긴 안 돼. 절대 가면 안 된다고."

"아니. 난 병원에 있었어. 그런데 넌 지금
어디에 있니?"

그때 수민에게서 전화가 왔다. 시은은
조급해졌다.

"언니, 나 진짜 가야 돼."

"안 돼. 나 머리 감겨줘."

영리가 시은의 손을 세게 움켜잡았다.
시은은 영리의 손을 가만히 바라보다가
말했다.

"언니, 우리 게임 하자."

"무슨 게임?"

"먼저 잠드는 게임."

"그걸 왜?"

"이제 자야지. 먼저 자는 사람이 이기는
거야."

"잠들면 안 되는데. 또 없어질 거잖아."

"그래도 매번 돌아왔잖아. 시간이 걸릴
뿐이지."

영리는 시은의 말을 듣고 숨을 길게

내뱉었다.

"네가 안 오면 내가 나중에 또 찾아갈게."

영리가 낮은 목소리로 중얼거리고는
시은의 손을 놓았다.

"정말 올 거야. 걱정 마."

"응. 감기 조심해."

"응. 안녕."

11

새해가 됐을 때 영리는 시은의 일기장을
열어봤다. 처음이자 마지막이라는 생각으로.

영리는 1월부터 새 일기장에 일기를
쓰기 시작했다. 일기는 그녀의 일상처럼 매일
비슷했다. 그러다 문득 소파 옆에 두었던
시은의 일기장에 눈에 들어왔다. 아무리
동생이라도 남의 일기는 안 되지, 하다가도

어차피 모를 텐데, 하는 마음도 들었다.

결국 어차피 모를 테니 살짝만 볼까, 하는 쪽으로 마음이 기울었던 것이다. 영리는 가름끈을 끼워둔 페이지를 펼쳤는데 그곳에 종이 한 장이 끼워져 있었다. 그 종이가 14년 전 병원에서 자신이 쓴 메모라는 걸 기억해내기까지는 오래 걸렸다. 이걸 아직도 갖고 있었네, 하고 중얼거리다가 누군가 내용을 수정했다는 걸 알아챘다. *1. 정신에 연결 2. 나를 믿을 것 3. ~~계속 사르 ㅓ 알 것.~~ 계속 살아갈 것 4. 조금만 더 기다려줄 것.* 이건 분명 시은이겠지. 그런데 언제 쓴 거지? 영리는 시은이 언제 메모를 고쳤을까 궁금했지만 도무지 알 수가 없었다. 어쩌면 나중엔 알게 되려나. 어떤 깨달음에는 시차가 있는 법이니까.

　　그날 영리는 우진에게 전화를 걸고

싶었다. 처음으로 그에게 하고 싶은 말이
생겼기 때문이다. 하지만 전화하지 않았다.
대신 잘 지내라는 문자를 보냈다. 우진이라면
그것만으로도 자신의 마음을 알아줄 것이라
믿었다. 그러고는 일기장을 폈다. 그녀는
누구에게도 하지 못했던 비밀 얘기를 써
내려갔다. 그 일은 1999년도에 에버랜드에서
있었던 일이다.

　　그날은 새벽부터 분주했다. 엄마는
도시락을 준비하고 아빠는 영리와 시은을
깨우고 씻기고 옷을 입혔다. 돗자리도
챙겨야 하고 과자와 음료수도 챙겨야 했다.
아빠는 카메라의 필름도 넉넉하게 준비했다.
시은은 잠을 충분히 자지 못해서 계속
투정을 부렸다. 에버랜드에 가는 차 안에서도
영리와 말싸움을 하다가 혼났고 에버랜드에
도착해서도 여전히 피곤해서 엄마에게 엉겨

붙으며 칭얼댔다. "니네들은 이런 데 데리고
와줘도 왜 놀지를 못하니?" 엄마의 짜증에
영리는 서운했다. 놀이기구가 타기 싫어도
줄을 서준 엄마 아빠를 생각해서 최대한
좋아하는 척을 했는데 왜 나한테까지 그러나.
영리는 서러워서 괜히 시은에게 화풀이를
했다. 시은의 나비 머리핀을 뺏어서 "이거
이제 압수야"라고 했다. 그 말에 시은은 금방
울음을 터트렸고 영리는 더 크게 야단맞았다.

　시은이 자신을 애타게 불러도 뒤를
돌아보지 않은 건 그 때문이었다. 겁을
주려고. 어디 한번 제대로 무서워보라고.
그래도 영리는 계속 시은의 목소리가
들리니까 괜찮을 거라고 생각했다. 시은의
목소리가 들리는 거리에만 있으면 안전할
거라고 생각했다. 동생이 사라지길 바란 건
아니었으니까. 영리는 언제나 그 일을 마음에

품고 살았다. 나이를 먹는 동안 시은과 무수히 다투고 싸웠는데 그때마다 에버랜드에서 시은에게 겁을 줬던 일이 생각나서 금방 미안해지곤 했다. 고등학생이 된 시은이 그 일을 회상하면서 장벽에 갇힌 느낌이었다고 말할 때도 많이 찔렸다.

영리는 자신의 비밀을 써 내려가다 소파에 엎드린 채로 잠이 들었다. 아 일기 써야 되는데, 생각하면서도 잠이 오는 걸 막을 수 없었다. 그날 영리는 잠 속에서 유영하며 여러 차원을 여행했다. 이게 그 차원명상이라는 건가 시시하네, 라고 생각하기도 했다. 그녀는 오래도록 돌아다녔다. 얼마나 많이 돌아다녔는지 수십 년이 흘러버렸고 우연히 먼 미래의 시은을 만나게 된다. 그리고 같이 담배를 피우면서 오래도록 대화를 나눈다. 그때 영리는

1999년도의 에버랜드에서 있었던 일에 대해
고백하며 사과를 하게 되는데 그때 시은은
화를 내지 않는다. 다만 아, 하고는 이내 웃고
만다. 영리도 따라 웃는다. 담배를 다 피운
시은은 주머니에서 오렌지를 한 알 꺼내
영리에게 건넨 후 어딘가로 떠났고 영리는
그 모습을 가만히 바라보고 있었다. 다시
혼자가 된 영리는 시은의 웃음을 잊지 않기
위해 계속해서 같은 방향으로 돌며 차원을
걸어 다닌다. 끝이 보이지 않았다. 아주 긴
여행이었다.

작가의 말

지난겨울은 내게 독감 같은 계절이었다. 실제로 독감에 걸려 열과 후유증으로 3주 가까이 고생했고, 그 외에 다른 시간은 모두 생각하는 데 쓰느라 내내 앓았다. 말하자면 생각하는 일이 독감만큼이나 괴로웠다.

독감 후유증을 겪고 있을 때 한 친구와 밤새도록 대화를 나눈 적이 있다. 나는 그때 아프고 괴롭다는 말만 반복했다. 그냥 다 그만두고 싶다고도 했다. 나 이제 정말 끝났나, 하고 절망했을 때 두 자매와 믿음에 관한 아이디어가 나왔다. 아무리 애써도 다른 이야기는 떠오르지 않았다. 그래서 그걸로 소설을 시작했고 어려웠지만 기어코 끝을 냈다.

〈작가의 말〉을 어떻게 써야 할까 고민하다가 한 줄도 쓰지 못하고 책상에 앉은 채로 졸았다. 그때 잠깐 꿈을 꿨는데 그 안에서도 무엇을 써야 하나 중얼거리면서 여러 가지 일들을 했다. 사람을 만나고 산에도 갔다가 무언가를 마시기도 했는데 그러다가 누군가의 리클라이너 소파를 발견하고는 거기에 앉아 또 잠들었다. 짧은 낮잠을 자고 일어났을 때 양쪽 팔에 처음 보는 타투들이 새겨져 있었다. 순간 겁이 났다. 내가 한 것인지 아니면 다른 사람이 한 것인지 알 수

없었기 때문에 혼란스러웠다. 타투로 새겨진
것들에는 이름도 있었고 사물이나 동물의
이미지도 있었다. 도무지 의미를 알 수 없는
그것들을 나는 손으로 비벼보았으나 아무리
문질러도 지워지지 않았다. 영영 피부에
각인된 것이다.

　팔에 새겨져 있는 그것들은 어쩌면 내가
지나온 모든 날들의 기록이 아닌가 싶다. 내가
의도했거나 혹은 의도하지 않은 것들, 관계
속에서 주고받은 말과 상처와 위로 들, 그리고
연이 끝나면 자연스럽게 잊히는 것들과 또는
영원히 지워지지 않아 문신처럼 남아 있는
것들. 낙인이 되기도 하고 훈장이 될 수도
있는 것들 말이다.

　과거의 기억들을 간직하고 사는 일은
힘이 많이 든다. 그래서 때때로 사람들
사이에서 영원히 사라지고 싶은 충동을

느낀다. 그리고 그보다 자주 독감보다 더 큰
고통을 앓을 때도 있고 자책의 늪에 빠져
무력감을 경험하기도 한다.

　〈작가의 말〉을 쓰는 이 시점에 '꿈보다
해몽'식으로 그 꿈을 해석해보자면, 결국
나는 그 모든 기억을 안고 살아가야 한다는
것이다. 끊임없이 상처받고 괴롭더라도
마주하고 받아들여야 한다. 그것 말고는 다른
방법은 알지 못한다. 잘 찾아보면 간혹 귀엽고
웃기고 소중한 것들도 있다. 그 때문에 버틸
수 있기도 하다. 나는 그런 것들을 소설로
새겨나가고 싶다. 독감 때문에 쓸 수 있었던
이 소설처럼.

　이렇게 쓰고 보니 나는 정말 의미 부여를
잘하는 것 같다. 그래서 착각도 많이 한다.
혼자 상처받기도 하고 또 혼자 설렐 때도

있다. 그렇게 살았다. 앞으로도 그럴 테지.
도대체 왜 난 이 모양일까, 매일같이 의문이
들지만 살아가는 일에 있어서 나는 그것
말고는 다른 방법은 알지 못한다.

2025년 4월

권희진

권희진 작가 인터뷰

Q. 《일단 믿는 마음》은 작가님께서 처음 출간하신 단독 단행본입니다. 데뷔 후 단편소설을 써오시긴 했지만, 이 책으로 처음 뵙는 분들께 간단한 소개를 해주시면 좋겠습니다. 지난번에 뵈었을 때는 탱화를 배우고 계시다고 했잖아요. 작품 속에도 탱화를 그리는 장면이 등장하고요. 요즘은 어떻게 지내고 계신가요?

A. 안녕하세요. 2024년도부터 작품 활동을 시작한 권희진입니다. 위픽 시리즈를 통해 독자분들께 인사드리게 되어 반갑습니다.

요즘 정말 한가로운 날들을 보내고 있습니다. 가끔은 죄책감이 들 정도여서 다시 바쁘게 지낼 만한 일을 찾는 중인데요. 말씀하신 것처럼 그중에 탱화 그리기도 있어요. 언제부턴가 불화에 매력을 느껴서 직접 그려보고 싶었는데 계속 미루다가 드디어 작년 가을부터 배우기 시작했습니다. 초보 수준에 손도 많이 느려서 아직도 한 작품에 매달려 있어요. 몇 시간씩 붓을 잡고 있으면 마지막에는 손이 떨려서 자주 실수를 해요. 가까이서 보면 선도 고르지 않고 채색도 서툴러서 얼룩이 진 부분도 많습니다. 간혹 그 부분만 도드라져 보여서 처음부터 다시 시작하고 싶다는 생각도 드는데요. 그럴 땐 멀리 떨어져서 그림을 한번 봐요. 조금만 거리를 둬도 의외로 괜찮아 보이거든요. 그러면 또 혼자 뿌듯해하죠.

그래, 그냥 하는 거지 뭐. 계속 하다 보면 뭐라도 되겠지. 그림 그릴 때 그런 생각을 자주 해요. 내려놓고 흘려보내고 받아들이는 것도 함께 배우고 있습니다.

그리고 다음 소설도 구상 중이에요. 구상 중이라곤 하지만 사실 떠오르는 게 전혀 없어서 막막합니다. 그래도 빨리 쓰고 싶네요. 쓸 땐 괴로우면서 말이죠. 정말 이상한 마음이네요. 요즘은 이렇게 지내고 있습니다.

Q. 이 작품은 사이비에 빠져 사라진 동생 '시은'과 그를 기다리는 언니 '영리'의 이야기입니다. 겹겹의 이야기가 쌓여 한 줄로 요약하기가 어려운 소설이라고 생각했어요. 처음 가제는 〈고차원을 여행하는 수련자를 위한 안내서〉였지만, 연재 전 〈일단 믿는 마음〉으로 바뀌었죠. 〈고차원을 여행하는 수련자를 위한 안내서〉라는 제목은 작품에서 주요하게 등장하는 사물이기도 하고, 작품과도 맞아떨어진다고도 생각했는데, 아무래도 작품의 첫인상으로는 어려움이 있을 수도 있겠다 싶어 여러 제목들을 제안해드렸어요.

저는 책의 '제목'이라 하면 처음 보았을 때 인상이나 느낌을 가장 중요하게 생각해요. 제목을 곱씹게 되는 건 작품을 읽고 난 후지, 작품을 읽기 전은 아니니까요. 그래서 대체로

제목을 결정할 때는 첫눈에 이 제목이다,
생각하고 나서 정말 이 제목이어도 괜찮을까?
하고 뒤늦게 작품과 맞춰보기 시작하는
편이에요.

　　작가님께 제목안을 보내드렸을 때
결정하는 데 시간이 조금 걸렸잖아요.
작가님은 제목을 짓거나 결정하는 데 어떤
것을 중요하게 생각하시나요? 여러 제목안
중에 이 작품의 제목을 〈일단 믿는 마음〉으로
결정하신 이유도 듣고 싶어요.

　　A. 저는, 정말로, 제목을 잘 못 지어요.
제목이 제일 어렵습니다.

　　전에는 소설 내용이나 주제를 생각하지
않고 쓰기 전부터 제목을 정해놨어요.
그렇다고 제목에 맞춰서 글을 쓴 것도
아니에요. 완성하고 보면 미리 지어둔 제목이

찰떡같이 들어맞을 때가 있더라고요. 그런 방식으로 쓰는 게 재밌던 시기가 있었어요. 제목이 무슨 뜻이냐는 질문을 받으면 속으로 뜨끔한 적도 있긴 하지만요.

요즘엔 보통 '제목 아직 없음'으로 적어두고 소설을 써나가는데 그러다 보면 아이 제목이야, 하면서 느낌이 오는 것 같아요. 물론 다 쓰고 나서도 감이 안 잡히는 경우도 더러 있습니다.

이번에는 조금 달랐어요. 〈고차원을 여행하는 수련자를 위한 안내서〉라는 제목밖에는 생각이 나지 않는 거예요. 유치한데 좋기도 하고, 길긴 한데 이해하기 쉬운 것 같기도 하고. 계속 고민을 하는데 편집자님께서 여러 제안을 주셨죠.

그중에서 〈일단 믿는 마음〉과 〈먼저 잠들기 게임〉이 눈에 들어왔습니다. 〈먼저 잠들기 게임〉은 친구도 추천한 제목이었어요.
편집자님께 하루만 더 기다려달라고 부탁을
하고 생각을 해봤지만 결국 〈일단 믿는 마음〉
쪽으로 마음이 기울더라고요. 이유라면……
그냥 느낌? 느낌이 좋은 걸 어쩌겠어요.
시간이 지날수록 더 좋아지고 있습니다.

Q. '일단 믿는 마음'은 영리가 공기청정기 리뷰에서 발견한 마음입니다. "존재하지만 보이지 않는 것. 인식하지 못하지만 곁에 있는 것. 오염되거나 부족해지면 그제야 절실해지는(62쪽)" 공기가 오염되었다는 것을 알려주는 공기청정기를 쉽게 믿을 수 없었던 영리는 공기청정기를 사용한 다른 사람들의 리뷰를 찾아보아요. "일단 믿고 써봅니다"라는 리뷰를 보고, "일단 믿는 마음. 그런 마음은 어떻게 가질 수 있는 건지 영리는 알 수 없었"습니다(79~80쪽).

영리는 시은이 어떻게 '차원명상'이라는 수상한 종교를 믿는지, 시은의 친구들은 시은을 어떻게 믿고 천만 원이라는 큰돈을 빌려줬는지도 궁금해합니다. 그러면서도 시은에게서 큰돈을 빌렸다는 해린에게 의심 없이 선뜻 돈을 돌려주겠다고

말하기도 하고요. 일단 믿는 마음은 시은을
차원명상센터로 데려가기도 하지만, 저는
시은의 전 애인들을 비롯해 주변 사람들이
시은을 일단 믿어주었더라면, 시은이 가진
불안감을 예민함이 아니라 실재하는 것으로
받아들여주었다면 시은이 차원명상센터에
가지 않을 수도 있지 않았을까 하는 생각이
들었어요.

그렇지만 시은이 의심하는 마음을 가졌기
때문에 차원명상센터를 빠져나올 수도
있었죠. 센터장과 규선을 일단 믿지 못하게
되었을 때, '마음의 틈'이 생겼고 그 틈으로
수민과 신입 회원이 들어올 수 있었잖아요.
다만 시은이 재회한 수민과 신입 회원을
받아들일 수 있었던 것도 그들이 특별 면담을
하고 싶어 하지 않는 시은을 믿어주었기
때문일 테니, 아 역시 일단 믿는 마음이라는

것은 누군가를 구하는 마음이구나 싶기도
했어요.

저는 영리처럼 어떤 것은 쉽게 일단
믿으면서도 또 다른 때에는 의심부터
하기도 하는데, 작가님은 어떤 것들에 쉽게
믿음을 내어주시나요? 〈작가의 말〉에서 짧게
언급해주셨습니다만, 믿음에 관한 이야기를
쓰시게 된 계기가 궁금합니다.

A. 소설의 아이디어는 친구에게서
얻었어요. 평소에도 종교에 관심이 많아서
언젠간 소설로 쓰고 싶었는데 '사이비'에
대해 써보지 않겠냐는 말에 바로 마음을
먹었어요. 모두에겐 각자만의 종교가 있다고
생각하거든요. 그게 반드시 신적인 존재는
아니더라도 강렬하게 끌리거나 좋아하게
되면 종교처럼 믿게 되는 경우가 있으니까요.

철학이나 예술, 사람이거나 사물이거나
행위일 수도 있죠. 그게 무엇이든 열렬하게
믿고 따르는 마음이 궁금했고 그 마음을
이해해보기 위해 소설을 시작했습니다.

저는 대부분 잘 믿는 편인 것 같아요. 특히
누군가를 돕고 구하려는 마음이요. 그 모습을
보고 있으면 위로를 받는 기분입니다.

언젠가 진짜 종교도 가져보고 싶네요.

Q. 영리는 시은이 사라진 뒤 "일어난 일은 이미 일어난 일이고 되돌릴 수 없으므로 그것과 함께 살아가는 방법을 찾아가야 했다. 말하자면 영리는 어떻게든 살아보려고 노력하는 중이었다"고 말합니다. 그러면서도 "그렇게 노력하는 중에도 드문드문 이게 다 무슨 소용일까 하는 생각에 자주 빠졌다"고 하지요(51쪽).

아내가 죽은 것이 자신의 탓일지 자신의 탓이 아닐지 자책하는 우진에게는 속으로 이렇게 대답합니다. "네 탓만은 아니겠지만 네 탓도 있겠지 원래 다 그런 거야.(89쪽)" 저에게는 이 말이 굉장히 차가운 위로로 다가왔어요. 네 탓이 아니라는 말보다 더 정확하게 느껴져서, 빈말이 아닌 것처럼 느껴져서 그런 걸까요?

그래서 작품 마지막, 영리가 시은에게

"1999년도의 에버랜드에서 있었던 일에 대해 고백하며 사과"할 때, 시은이 "화를 내지 않"고, "다만 아, 하고는 이내 웃고" 말았을 때도(149쪽) 저 문장을 다시 한번 떠올렸고요. 아주 탓하지만은 않는, 그렇다고 네 잘못이 아니라고도 하지 않는 것. 어쩌면 우리는 우리에게 어떤 잘못도 없는 아주 결백한 상태를 견디지 못하는 걸까요? 자책하며 고통받을 때에서야 비로소 잘못을 끌어안으며 살 수 있는 것일지도 모르겠다는 생각이 들었습니다.

〈작가의 말〉에서도 "영원히 지워지지 않아 문신처럼 남아 있는 것들(152쪽)"에 대해 말씀해주셨어요. 1999년도의 에버랜드를 영원히 떠날 수 없는 사람들에게 어떤 말씀을 들려주고 싶으신가요?

A. 우리 모두 헤어나지 못하는 기억들이 있잖아요. 의도와는 다르게 누군가에게 상처를 주기도 하고 잘못된 선택으로 곤경에 빠지기도 하죠. 정말 마음대로 안 되는 게 인생 같아요.

그래도 시간이 지나면, 조금만 거리를 두고 보면 생각만큼 나쁘지 않을 수도 있어요. 그 경험에서 깨닫는 것이 있을 테니까요. 지금은 좀 괴로워도 일단 살아봤으면 해요. 그래도 버텨보길 잘했다, 하고 생각하게 될 날이 올 때까지요.

한 조각의 문학, 위픽 (wefic)

위픽은 위즈덤하우스의 단편소설 시리즈입니다.
'단 한 편의 이야기'를 깊게 호흡하는
특별한 경험을 선사합니다.

이 작은 조각이 당신의 세계를 넓혀줄
새로운 한 조각이 되기를.
작은 조각 하나하나가 모여
당신의 이야기가 되기를.

당신의 가슴에 깊이 새겨질
한 조각의 문학, 위픽

위픽 뉴스레터 구독하기
인스타그램 @wefic_book

- 87

일단 믿는 마음

초판 1쇄 인쇄 2025년 4월 8일
초판 1쇄 발행 2025년 4월 23일

지은이 권희진
펴낸이 최순영

출판2 본부장 박태근
스토리 팀장 김소연
편집 곽선희 김다인 김혜지
디자인 김태수 이세호

펴낸곳 ㈜위즈덤하우스 **출판등록** 2000년 5월 23일 제13-1071호
주소 서울특별시 마포구 양화로 19 합정오피스빌딩 17층
전화 02) 2179-5600 **홈페이지** www.wisdomhouse.co.kr

ⓒ 권희진, 2025

ISBN 979-11-7171-412-4 04810
     979-11-6812-700-5 (세트)

값 13,000원